dtv

Für Oberregierungsrat Neise geht ein Traum in Erfüllung. In dem Luftschiff Berlin, das luxuriös wie ein Grandhotel und schnell wie ein Expresszug ist, macht er eine Reise quer über den Atlantik nach Amerika. Es sind die späten 20er Jahre, die Welt ist in Bewegung, und der Beamte Neise will der Routine seines Schreibtischs entfliehen. Zuerst verläuft der Flug normal – oder fast: Neise genießt den verschwenderischen Komfort des Bordlebens, knüpft interessante und bizarre Bekanntschaften, erlebt den berauschenden Anblick des nächtlichen Paris, lauscht den seichtschönen Klängen des Salonorchesters Salut d'Amour.

Plötzlich weicht das Luftschiff von seinem Kurs ab und begibt sich auf eine Irrfahrt. Allmählich begreift Neise, dass tausend Meter über dem Meer und in einem hochentzündlichen Luftschiff alles anders ist. Dimensionen wie Raum und Zeit lösen sich auf, in die Salons und Kabinen beginnt das Chaos einzusickern. Nur noch kurze Zeit gelingt es der bürgerlich-wohlsituierten Gesellschaft, ihr angenehmes Leben an Bord fortzusetzen.

Ein von kluger Ironie getragener Roman, der in eine Welt voller Absurdität und Komik entführt.

Stefan aus dem Siepen wurde 1964 in Essen geboren, studierte Jura in München und trat in den Diplomatischen Dienst ein. Über Stationen in Bonn, Luxemburg, Shanghai und Moskau führte ihn sein Weg nach Berlin, wo er seit 2009 im Auswärtigen Amt arbeitet. Er veröffentlichte die Romane ›Luftschiff‹, ›Die Entzifferung der Schmetterlinge‹, ›Das Seil‹ und ›Der Riese‹ sowie zuletzt ›Das Buch der Zumutungen‹. Stefan aus dem Siepen lebt mit seiner Familie in Potsdam.

Stefan aus dem Siepen

Luftschiff

Roman

dtv

Von Stefan aus dem Siepen sind bei dtv
außerdem erschienen:
Die Entzifferung der Schmetterlinge (14208)
Das Seil (14345)
Der Riese (26025)
Das Buch der Zumutungen (28061)

Ausführliche Informationen über
unsere Autoren und Bücher
www.dtv.de

FSC
www.fsc.org
MIX
Papier aus verantwortungsvollen Quellen
FSC® C019821

Vom Autor neu durchgesehene, überarbeitete Ausgabe
2016 dtv Verlagsgesellschaft mbH & Co. KG, München

Umschlaggestaltung: dtv unter Verwendung
eines Fotos von akg-images
Gesetzt aus der Caslon Buch BQ 9,65/13,8
Satz: Greiner & Reichel, Köln
Druck und Bindung: Druckerei C.H.Beck, Nördlingen
Gedruckt auf säurefreiem, chlorfrei gebleichtem Papier
Printed in Germany · ISBN 978-3-423-14513-8

I

Nebelschwaden trieben über das Rollfeld, strichen um die silbergrauen Hangars, rissen die gelben Lichterreihen der Landebahn in Stücke. Auf dem Tempelhofer Flughafen wurde die Berlin zum Aufstieg bereit gemacht, die im regelmäßigen Transatlantikdienst Europa mit Amerika verband und hier wie dort so berühmt war, so viel verwirrte, zwischen Superlativen umhertappende Bewunderung auslöste wie vor ihr nur die Titanic. Ihr Rumpf besaß Ausmaße, die selbst gut vorbereitete Passagiere benommen machten: Die Lettern des Schriftzuges »Berlin« waren hoch wie Häuser und doch in der weiten Fläche leicht zu übersehen. Sechs lange Taue, an denen Trauben von Männern aus Leibeskräften zogen, lebendiger Ballast, hielten das Schiff am Boden. Ein Traktor paffte schwarzbraune Dieselwolken in den Nebel und zog auf einer Kette aus Anhängern Koffer und Postsäcke heran. Die meisten Passagiere waren bereits an Bord und richteten sich in den Kabinen ein, nur einige Nachzügler gingen noch über das pfützenbedeckte Flugfeld; die Frauen wurden von Stewards begleitet, die Schirme über sie hielten, was eine bloß symbolische Geste war, denn der Regen schwebte mehr, als dass er fiel, und war nicht abzuhalten.

Neise sah aufmerksam vor sich auf den Boden, um mit seinen wohlgeputzten Schuhen nicht in Pfützen zu treten, wodurch er sich um den Anblick der Berlin brachte. Im Vorübergehen fing er Fetzen seines Spiegelbildes auf, das sepiabraun eingefärbt war wie eine Fotografie; unwillkürlich prüfte er, ob sein Schal korrekt gebunden war, weder zu straff noch zu locker im Mantelausschnitt saß, und ob er auch keine lächerliche Figur abgebe, wenn er breitbeinig, mit unregelmäßigem Schritt um die Pfützen herumging. Wie selbstverliebt muss man sein, dachte er, um selbst noch beim Weg über ein Rollfeld, kurz bevor man die Treppe zu einem Zeppelin hinaufsteigt, das eigene Spiegelbild zu betrachten – und hielt nach der nächsten Pfütze Ausschau.

Er hatte Reisefieber. In seinem bisherigen Leben war er noch wenig herumgekommen, sein Koffer trug, obwohl er ihn schon zwanzig Jahre besaß, lediglich die Aufkleber von Berchtesgaden und Venedig. Abhilfe stand bevor: Für drei Ferienwochen würde er in jenes elektrisierende Land reisen, von dem er schon so viel gelesen und in Wochenschauen gesehen hatte und das ihm doch noch immer so ungeheuer schien, als liege es nicht jenseits des Atlantiks, sondern auf einem der ferneren Planeten des Sonnensystems. Dass es möglich sein sollte, Amerika in drei Tagen zu erreichen und einen halbwegs irdischen Urlaub dort zu verbringen, konnte er nicht glauben. Auch dass er im schönsten und modernsten Zeppelin der Zeit fliegen würde, besaß einen phantastischen, ins Unwirkliche spielenden Zug. Wenn die Berlin über Deutschland schwebte, gab es am Boden niemanden mehr, der nicht den Kopf in den Nacken legte, den Mund zu einem Oval formte und auf dümmliche Art ergriffen aussah. Obwohl die frühen Jahre vorüber waren, in denen Zeppeline den Reiz des Neuartigen besaßen, seriöse Männer mit Hurra!-Rufen Hüte über sich warfen, Automobile in rhythmisches Hupen, Straßenbahnen in anhaltendes Klingeln ausbrachen, war die Berlin doch noch immer eine vollwertige Sensation. In ihr das spektakulärste Fortbewegungsmittel aller Zeiten zu sehen, gehörte zu den Meinungen, die niemand bestritt. Neise lehnte es sogar ab, ein Luftschiff als »Fortbewegungsmittel« zu bezeichnen – wer dieses Wort benutzte, besaß entweder kein Sprachgefühl oder wollte die Berlin herabwürdigen. Dass Luftschiffe nichts weiter tun sollten, als »sich fortzubewegen«, ihre Passagiere auf geheimnislose Weise von einem Ort zum nächsten zu befördern wie eine Straßenbahn Linie 17 – wer glaubte das?

Am Fuß der Treppe, die vom Rollfeld ins Schiff hinaufführte, stand ein kleiner Mann. Er war für die Begrüßung und Einweisung der Ankommenden zuständig und trug, was er für diese Aufgabe benötigte: eine würdige Stewarduniform in Dunkelblau mit nicht zu wenig Gold. Schon lange blickte er Neise unter dem Mützenschirm diskret, mit professionell getarnter Aufmerksamkeit entgegen, wartete nur noch ein paar Sekunden ab, bis er nahe genug heran war, eine unsichtbar über den Boden gezogene Linie überschritt, dann würde er die Mütze lüpfen und seinen zurückgestauten Eifer loslassen.

– Guten Tag, der Herr! Ich darf Sie im Namen des Kapitäns herzlich willkommen heißen! Wie ist Ihr werter Name?

– Neise.

– Ah! Herr Oberregierungsrat. Nochmals herzlich willkommen. Wir haben für Sie die Kabine 23 reserviert. Wenn Sie erlauben, werde ich Sie hinführen. Darf ich vorangehen? Vielen Dank, Herr Oberregierungsrat.

Vergebens versuchte Neise, ein Lächeln zu unterdrücken, denn es gab am Steward wenig, das er nicht komisch und rührend fand. Seine Art zu sprechen war die erste Anekdote dieser Reise: Er verkörperte die Rolle des unbelehrbar Altmodischen, der den Ehrgeiz besitzt, traditionelle Formen der Höflichkeit in Zeiten, die immer roher werden, vor dem Aussterben zu bewahren. Immerhin leistete er sich, das dann doch, eine kleine Aufschneiderei: Als er Neises Titel und die Nummer seiner Kabine nannte, war er bemerkbar stolz auf sein gutes Gedächtnis; in seiner Stimme lag ein Ton, den Neise aus Schulzeiten kannte – so klang ein Streber, wenn er den Arm nach oben riss, mit den Fingern schnippte und *Oberregierungsrat!* ins Klassenzimmer rief.

Ein langer Gang bohrte sich in den Bauch des Schiffes. Obwohl es draußen dämmerte, meinte Neise vom Hellen ins Dunkle, vom Mittag in den Abend zu kommen; wäre der Strom ausgefallen und eine Notbeleuchtung eingeschaltet gewesen, es hätte nicht trüber sein können. Der Steward legte, wohl um seinen Eifer zu unterstreichen, einen zügigen Schritt vor. An den Gangwänden hingen Stiche aus der Geschichte der Luftfahrt, von bonbonbunten Montgolfieren über die hochzerbrechlichen Apparate Lilienthals bis zu den Zeppelinen der jüngsten Fortschrittsstufe. Neise sah Luftschiffe über die Hochhäuser von New York, durch Alpentäler mit Wiesen und ragenden Bergzacken, vorbei an den Türmen von Schloss Neuschwanstein und über die Pyramiden von Gizeh fliegen. Dass Luftschiffe schon so weit herumgekommen waren, überraschte ihn, und er war sich nicht sicher, ob er es für bare Münze nehmen sollte. Der Anstrich des Märchenhaften, ohne geschmackliche und sonstige Bedenken Ausgedachten ließ sich nicht übersehen – wer imstande war, so etwas zu glauben, der glaubte auch, dass die Berlin nach Amerika flog!

Der Steward wandte den Kopf über die Schulter zurück und machte dienstlich Konversation:

– Die Berlin verfügt über dreißig Kabinen. Fünfundsechzig Passagiere finden in ihnen Platz. Das Schiff ist ausgebucht bis auf das letzte Bett. Bei dieser Reise war der Andrang so groß, dass eine Warteliste geführt werden musste …

Er legte die Stirn oder das wenige, was unter der Mütze von ihr zu sehen war, in Falten: Dass nicht alle, die es wollten, mitreisen konnten, betrübte ihn. Er hielt es für einen Verstoß gegen die Höflichkeitsregeln, dass manche in schnöder Weise auf eine Warteliste gesetzt, ja am Ende sogar abgewiesen werden mussten. Wenn Neise zu denen gehört hätte, für die keine Kabine mehr frei war: Er hätte ihn nicht betrübter ansehen können.

Der Gang wurde heller und breiter; Türen erschienen.

– Hier vorne links liegt der Speisesaal. Das Frühstück wird ab acht serviert, das Mittagessen beginnt um eins, das Abendessen um sieben. Dort, hinter den Flügeltüren, befindet sich der Rote Salon. Er dient als Aufenthalts- und Gesellschaftsraum – vom Nachmittag an sorgt ein Bordorchester für musikalische Unterhaltung, und vierundzwanzig Stunden lang erwartet Sie eine wohlsortierte Bar. Hier, linker Hand, sehen Sie das Lesezimmer. Es bietet eine umfangreiche Bibliothek sowie eine große Auswahl deutscher und internationaler Zeitungen. Und dort rechts – das Rauchkabinett. Es wird durch eine speziell konstruierte Schleusentür betreten. Aus Gründen der Sicherheit ist das Rauchen lediglich in diesem einen Salon gestattet – ich bitte um Ihr Verständnis.

Sie erreichten den Kabinentrakt. Durch offen stehende Türen sah Neise, wie Passagiere ihre regenfeuchten Mäntel und Hüte ablegten, durch kurzes Sichsetzen und Wiederaufstehen die Betten prüften, in denen sie drei Nächte verbringen würden, ihre Köpfe aus den Fenstern streckten, um einen Blick auf das Flughafentreiben zu werfen … Ein dicker Mann lehnte mit verschränkten Armen in seiner Tür und zog die Lippen auseinander, sodass man seine Zähne sah, die er besser versteckt gehalten hätte. Schlecht gelaunt fragte er in die Kabine hinein: Wo haste denn nu meene braune Hose, Lotte?! Haste se vleicht jarnischt einjepackt – det wär dat Dollste.

Mit einem »Bitte sehr, Herr Oberregierungsrat, ich bin sicher, dass Sie sich wohlfühlen werden« öffnete der Steward die Tür zur Nummer 23. Neise betrat eine Kabine, in der Eleganz und Enge einander die Waage hielten. Der Versuch, den Passagieren einen stilvollen Rahmen zu bieten, hinter dem splendiden Komfort der Luxusdampfer nicht zurückzubleiben, war spürbar; und doch zeigte jedes Detail, dass es bei der Konstruktion von Luftschiffen darauf ankam, Platz und Gewicht zu sparen. Die Couch war mit grünem Plüsch bezogen und hätte auch auf der Titanic passend gewirkt – trotzdem konnte sie nicht verbergen, dass sie klappbar war und sich in eine Pritsche für die Nacht verwandeln ließ. Das muschelförmige Waschbecken in Altrosa, dessen Wasserhähne wie Schwanenhälse geformt waren, spielte auf die Belle Époque an und machte sich nicht einmal lächerlich damit – zugleich war es so winzig, dass Neise keine rechte Vorstellung hatte, was er mit ihm anfangen sollte; am ehesten eignete es sich für Kinder unter zehn Jahren.

Der Steward ließ einen prüfenden Blick herumwandern, beugte sich über die Couchpritsche, um ein Kissen zentimeterweit zu verschieben …

– Sollten Sie noch einen Wunsch haben, Herr Oberregierungsrat, wenden Sie sich bitte an den Zimmerservice. Hier, über dem Waschbecken, befindet sich ein Klingelzug. Die Kollegen stehen jederzeit gern zu Ihrer Verfügung, wann immer Sie es wünschen, rund um die Uhr.

Er legte die Hand auf die Klinke und zögerte. In seinen Augen lag ein unfreier, besorgter Ausdruck – die Vorstellung machte ihm zu schaffen, Neise könne, allein zurückgelassen, einen unvorhergesehenen Wunsch haben, der nicht augenblicklich in Erfüllung ging. Dass es die Kollegen vom Zimmerservice gab, die jederzeit – rund um die Uhr – auf ein Klingelzeichen aus der Kabine warteten, schien ihm nicht zu genügen.

Neise legte ihm die Hand auf die Schulter.

– Machen Sie sich keine Sorgen. Ich glaube nicht, dass ich heute noch etwas benötigen werde. Wenn aber doch – dann werde ich mich melden! Gut zu wissen, dass es die Klingel gibt. Hier über dem Waschbecken!

Der Steward öffnete die Tür, blieb auf der Schwelle stehen und sah noch einmal zu Neise zurück.

– Selbstverständlich können Sie sich mit jedem Ihrer Wünsche nicht nur an den Zimmerservice, sondern auch … an mich wenden. Fragen Sie bitte nach Steward Diehl! Ich stehe zu Ihren Diensten, wann immer Sie es wünschen … – Steward Diehl.

Die Tür schnappte ins Schloss. Neise stieß ein Pruschen aus, das er gleichermaßen mit der Nase wie den Lippen hervorbrachte und das zu seinen charakteristischen Äußerungen gehörte. Dann legte er seinen Mantel ab und nahm, ohne Zeit zu verlieren, mit ungeduldiger Raschheit, von der Kabine Besitz. Er baute seinen Büchervorrat auf der Nachtkonsole auf, verteilte den üppigen Inhalt seiner Kulturtasche vor dem Spiegel, dekorierte das Fensterbrett mit einer Fotografie … Er wollte dieser abenteuerlichen Umgebung, in die er sich auf Zeit versetzt fand, die ihm ein sonderbar spannendes Gefühl im Bauch verursachte, einen Zug von Vertrautheit geben, sich eine vorübergehende Bleibe, eine Ahnung von Zuhause schaffen. Schon hing am Haken neben der Tür sein braun gestreifter Bademantel – noch am Morgen hatte er ihn in seiner Charlottenburger Wohnung beim Frühstück getragen. Der Kamm vor dem Spiegel, der daheim Furchen durch seine pomadisierten Haare gezogen hatte, würde ihn quer durch das Sonnensystem begleiten. Wenn er auf der Couch-Pritsche die ersten Sätze seines mitgebrachten Romans las, würde alles um ihn her versinken wie in der Ecke seines Biedermeiersofas …

Die Motoren liefen an, ein Zittern flutete durch den Boden der Kabine, vor dem Spiegel stießen zwei Fläschchen klirrend gegeneinander. Neise legte einen Stapel Unterwäsche, den er eben in den Spind räumen wollte, beiseite und öffnete das Fenster. Feine Regentropfen wehten herein und spielten kitzelnd um seine Hände. Rußflöckchen, die der Traktor in die Luft blies, hafteten wie schwarzer Schnee auf seiner Hemdbrust. Unter dem Fenster, in überraschender Nähe, zerrten Männer unter vollem Einsatz ihres nichtigen Gewichts an einem Tau, starrten mit Gesichtern, die von Anstrengung rot geschwollen waren, zum Schiff hinauf, tänzelten mit den Füßen über das Rollfeld. Neise musste lächeln: Dass diese Zwerge genug Kraft besitzen sollten, den Riesen zu fesseln, auch nur seine Aufmerksamkeit zu erregen, sich ihm als Ballast, als noch so schwacher Widerstand zu präsentieren – das gehörte zu den Dingen, die hier nicht stimmten.

Auf ein Kommando, das von irgendwoher gebrüllt wurde, ließen die Männer die Berlin aus den Händen. Ruhig und gleichmäßig, als kehre sie in ihr eigentliches Element zurück, begann sie in die Höhe zu steigen. Wieso tat sie es gerade in diesem Augenblick? Wollte sie den Stolz der Männer nicht verletzen, ihnen die freundliche Illusion erhalten, sie seien stark genug, die Berlin zu bändigen?

Die Kofferträger und Schirmhalter winkten mit ihren Mützen. Der Fahrer des Traktors, der von seinem Sitz herabgestiegen war, zog ein Taschentuch aus der Latzhose und ließ es im Wind spielen. Die Tauhalter wischten sich den Schweiß von den Stirnen und glotzten mit offenen Mündern nach oben. Neise hörte Schreie. Ein Mann in grauem Straßenanzug und mit Aktentasche lief unter den Kabinen umher. In großer Erregung rief er zu den Fenstern empor, fuchtelte mit den Armen und der Tasche und zeigte auf die Propellermotoren, die jetzt ihre ganze Kraft entfalteten. Jeder begriff, dass er Angst hatte, vor etwas Schrecklichem warnen wollte, doch was war es? Kein Schreien und kein Fuchteln konnte dem, was er, und nur er, kommen sah, Einhalt gebieten. Die Berlin gewann an Höhe, immer leiser klangen die Rufe aus der Tiefe herauf, flogen wie Fetzen zwischen Erde und Himmel umher … Drei Tauhalter liefen auf den Schreier zu und packten ihn an Armen und Beinen.

2

Neise machte es sich mit Stuhl und Kissen am Fensterbrett gemütlich und sah ausdauernd zur Erde hinab. Dass er mit der Geschwindigkeit eines Expresszuges in neunhundert Meter Höhe über die Mark Brandenburg schwebte, war neu und musste ausgenutzt werden. Bisher hatte er noch nie Gelegenheit gehabt, die Erde aus größerem Abstand zu betrachten, außer als er in Venedig in den Glockenstuhl des Campanile gestiegen und in Berchtesgaden mit der Seilbahn auf den Watzmann gefahren war. Dass es wenig zu sehen gab außer Dörfern und Äckern, die sich in reizloser Einförmigkeit aneinanderreihten, störte ihn nicht: Die landschaftliche Tristesse schläferte sein Gehirn ein und wirkte beruhigend auf seine Nerven, die es nötig hatten.

Vor dem Abendessen rasierte er sich ausgiebig, legte seinen förmlichsten Anzug und die bessere seiner beiden Taschenuhren an. Aus einer Vase mit Osterglocken schnitt er sich eine Blüte fürs Revers ab, was ihn Zeit kostete, denn er konnte sich nur schwer entscheiden, welche der Blüten weder zu groß noch zu klein, weder zu geschlossen noch zu aufgeblüht war. Da das Abenteuer dieser Reise nicht länger als drei Tage dauern würde, war die Zahl der Mahlzeiten begrenzt, und jede einzelne besaß Anspruch darauf, zelebriert zu werden. Außerdem würde er sich im Speisesaal zum ersten Mal den taxierenden Blicken der Mitpassagiere stellen, und so glaubte er, sich keinen Fehler erlauben zu dürfen, nicht einmal eine schlecht ausgewählte Blüte oder ein stehen gebliebenes Barthaar. Sein Reisefieber ging in Lampenfieber über, er fühlte sich wie ein Schauspieler vor dem Auftritt. Bisher hatte er nichts an Bord entdeckt, dem nicht eine Spur von Schein, sich seriös gebender Spielerei beigemischt gewesen wäre; selbst der Schreier auf dem Flugfeld war nicht echt gewesen, hatte bei allem Ernst doch auch eine Farce aufgeführt, sich vor den Passagieren an den Fenstern in Szene gesetzt wie vor den Zuschauern einer Theaterloge.

Bei der Einrichtung des Speisesaals waren Zugeständnisse an technische Zwänge vermieden oder bis zur Unkenntlichkeit überspielt worden – nichts fehlte oder wirkte ökonomisch. Damasttücher bedeckten die Tischplatten aus Blech. Gobelins schmückten die Wände aus Sperrholz. Schweres Silberbesteck umrahmte die Meißener Teller. Manche Passagiere waren erstaunt, dass sie drei Gabeln und drei Messer und drei Löffel vor sich hatten, sahen auf der Speisekarte nach, wie viele Gänge es wohl geben werde, und kamen beim Durchzählen auf sieben ohne das Amuse-Gueule. Das einzige Tischrequisit, das dann doch fehlte, waren Kerzenleuchter, doch niemanden gab es, der dafür nicht Verständnis besessen hätte: Dass die Berlin mit hochentzündlichem Gas gefüllt war und offenes Feuer Folgen haben konnte, war bekannt.

Neise saß allein und ließ den Blick schweifen. Die Passagiere machten den Eindruck wohlig betuchter Bürgerlichkeit: Die Herren trugen dunkle Anzüge mit Fliege und Taschenuhr, die Damen führten den Geschmack der Zeit in seiner kostspieligsten Variante vor; sie hatten so sichtbar Schmuck angelegt, dass der Eindruck einer Verabredung entstand und die Grenze zwischen Übertreibung und akzeptierter Üppigkeit verschwamm. Aus allen Gesichtern sprach selbstverständliche Saturiertheit, in einigen wenigen hatten auch Bildung und Intelligenz ihre Spuren gezogen. Draußen im abendlichen Himmel schoben sich anthrazitfarbene Wolken vorüber, sahen beiläufig und neugierig zwischen den Vorhängen herein wie Passanten in ein Restaurant. Fünf Wanduhren verkündeten die Zeiten in Berlin, Moskau, Peking, New York sowie an Bord. Ihre Sekundenzeiger rückten in kurzen scharfen Sprüngen wie auf einen Gegner zu. Eine Weltkarte füllte die Decke; sie war mit roten Linien übersät, die Flugrouten der Berlin bezeichneten und sich als wirres Knäuel über alle Ozeane und Kontinente erstreckten.

Die Wanduhren begannen gleichzeitig zu schlagen, und als sei dies ein geheimes Zeichen, trat ein Mann in den Salon. Keiner der Passagiere nahm etwas an ihm wahr, das ihn zu einer auffälligen Erscheinung gemacht hätte, und doch zog er von überall her Blicke auf sich: ein Fünfzigjähriger mit schwarzen, bohrenden Augen. Die grauen Haare so fest gescheitelt, dass keine Macht der Erde sie verrücken konnte. Die Hose mit überscharfen Bügelfalten, die wie Waffen waren.

– Guten Abend, der Herr, mein Name ist Pohlschröder. Wir teilen uns diesen Tisch. Freue mich sehr.

Neise begrüßte den Ankömmling, indem er sich rasch erhob, eine Verbeugung machte, an der nicht nur sein Kopf, sondern auch der Körper bis zur Hüfte beteiligt war, und mit einer zeremoniellen Geste die Hand ausstreckte. Gewandtes Auftreten zählte zu den wenigen Eigenschaften, die er eindeutig besaß und von denen er sich, eben darum, niemals hätte abbringen lassen. Er war höflich aus Freude an allem Durchgeformten und Zivilisierten, doch auch weil es seiner Persönlichkeit an Inhalt fehlte: Die Vorschriften des guten Benehmens bis ins Kleinste einzuhalten, in jeder Lage eine Illustration der Artigkeitsregeln der Zwanzigerjahre zu liefern, entband ihn von der Herausforderung, einen eigenen Stil zu entwickeln.

– Warum reisen Sie in die Staaten? Haben Sie geschäftlich dort zu tun?

Pohlschröder stellte diese Frage, noch ehe er sich auf seinem Stuhl zurechtgesetzt hatte; mit der ungeduldigen Direktheit eines Menschen, der unter einem Überschuss an Tatendrang und geistiger Energie leidet, wollte er alles Geplänkel vermeiden, sogleich zum Interessanten durchstoßen.

– Warum ich nach Amerika reise? Nun, ich … fliege in die Ferien. Zuerst will ich ein paar Tage in New York verbringen und später … nach Long Island. Und Sie?

– Ich habe geschäftlich in San Francisco zu tun. Urlaub mache ich nie – Arbeit ist meine einzige Erholung.

Neise empfand diese Antwort als wenig originell, hatte sie schon öfters in dieser oder jener Abwandlung gehört und immer von Leuten, aus deren Mund sie weniger selbstgefällig klang.

– Ich sehe, dass uns beide der gleiche Grund nach Amerika treibt: Wir wollen uns erholen.

– Jawohl.

– Allerdings gibt es etwas, worin wir uns unterscheiden: Ich erhole mich *von* der Arbeit, Sie *bei* der Arbeit.

– Jawohl.

– Darf ich fragen, was für eine Arbeit es ist, bei der Sie sich erholen?

– Ich mache in Röhren.

– Ah! Röhren … Kann es sein, dass Sie … *der* Pohlschröder sind? Von den Vereinigten Röhrenwerken?

– Jawohl.

Neise ließ die Hand mit dem blauen Siegelring, die er gern ins Spiel brachte, erstens, weil sie gut geformt war, und zweitens wegen des Siegelrings, auf dem Tisch spielen.

– Ich habe schon viel von Ihnen gehört, den Namen Pohlschröder kennt ja jeder … Die Vereinigten Röhrenwerke produzieren … Stahlrohre, nicht wahr? Es ist die größte Fabrik für Stahlrohre in ganz Deutschland?

– In ganz Europa. Meine Werke in Duisburg und Oberhausen stellen Röhren aller Art und Größe her, von hauchdünnen Pipetten für die Medizin bis zu Gussrohren, in denen ein ausgewachsener Mann die Arme ausstrecken kann.

– Beeindruckend!

Neise flüchtete sich in einen ironischen Tonfall, denn er wollte seine wahren Gedanken verbergen oder hatte nicht einmal eine Vorstellung, welches seine wahren Gedanken waren. Spielerische Vieldeutigkeit gehörte zu seinen Gewohnheiten und bildete den höchsten Grad von Ehrlichkeit, dessen er fähig war. Solange er im Undeutlichen blieb, sich von *einer* schillernden Bemerkung zur nächsten hangelte, konnte er nicht lügen.

– Ich habe gelesen, dass Sie alle Ihre Werke aus kleinsten Anfängen selbst aufgebaut haben, stimmt das?

Pohlschröders Hals steckte in einem Stehkragen, der hoch und eng geschnitten war, von unten her in das Kinn einschnitt und auch sonst nicht bequem sein konnte. Von Zeit zu Zeit rückte er ihn mit einer mechanischen Handbewegung hin und her, doch nicht, weil er sich von ihm bedrängt fühlte, sondern um ihn noch fester anzupressen.

– 1905 bin ich, frisch von der Ingenieursakademie weg, in eine Duisburger Firma eingetreten. Sie stellte in bescheidenem Umfang Rohre und Badewannen her und stand am Rande des Bankrotts. Zwei Jahre später trug sie meinen Namen, und von Bankrott war keine Rede mehr. Ich gab die Produktion von Wannen auf, führte neue Verfahren der Fertigung ein und so weiter. Heute gibt es in ganz Deutschland keinen Menschen mehr, der nicht tagaus, tagein mit meinen Röhren in Berührung kommt.

– Beeindruckend! Auch in der Berlin wird es, nehme ich an, einige von Ihren Röhren geben?

– Selbstverständlich.

Bei aller Überhebung machte Pohlschröder nicht den Eindruck eines sich selbst verfallenen Emporkömmlings. Er schilderte seine Leistungen mit nüchternem Blick, betätigte sich als korrekter Berichterstatter in eigener Sache. Den Vorwurf der Unbescheidenheit hätte er nicht gegen sich gelten lassen, ja wäre sogar verwundert über ihn gewesen: Warum sollte man unbescheiden sein, wenn man nichts weiter tat, als in klaren Worten zu schildern, was unbestreitbar war? Wer daran Anstoß nahm, setzte sich dem Verdacht aus, ein kleiner Fisch zu sein – jemand, der nichts Interessantes über sich berichten konnte und litt, wenn andere es konnten.

– Wissen Sie, es ist das erste Mal in meinem Leben, dass ich einen leibhaftigen Großindustriellen kennenlerne. Was Sie über Ihre Firma sagen, ist faszinierend, selbst für jemanden, der sich … nun ja, für Röhren gar nicht weiter interessiert. Darf ich Ihnen eine Frage stellen, die vielleicht respektlos ist?

Pohlschröder hatte ein Notizbuch hervorgezogen und trug ein paar Worte oder Zahlen ein, die mit der Unterhaltung nichts zu tun hatten, anderen und bedeutenderen Welten angehörten.

– Schießen Sie los!

– Ist Ihnen schon einmal der Gedanke gekommen, dass Sie, wenn Sie nicht in diese Duisburger Firma eingetreten wären, ein ganz anderes Leben hätten führen können? Eines, das mit Röhren ebenso wenig zu tun hat wie meins? Natürlich, es ist ein großer Erfolg, dass jeder in Deutschland von morgens bis abends mit Ihren Röhren in Berührung kommt, aber – hat es nicht auch mit schierem Zufall zu tun?

– In der Tat. Der Zufall hat mich vor die Tore einer Firma für Wannen und Rohre geführt. Aber als ich dort angelangt war, gab es etwas, das mich – darüber hinausgeführt hat.

– Sie meinen: Ihre Energie, Ihre Ideen …

– Selbstverständlich. *Was* man tut, spielt keine Rolle – letztlich könnte man alles tun. Es kommt nur darauf an, *wie* man es tut.

– Und wie soll man es tun?

– Als gäbe es nichts auf der Welt, das man sonst tun könnte.

Die Kellner trugen die Vorspeise herein, kalten Spargel mit Zitronen-Vinaigrette. Gleichzeitig und mit einheitlichem Schritt schwärmten sie von der Küchentür in verschiedene Richtungen aus, nahmen gleichzeitig und in einheitlicher Haltung vor den Tischen Aufstellung, stellten gleichzeitig und mit einheitlichen Gesten die Teller auf die Gedecke: ein Ballett.

– Ich fürchte, Herr Pohlschröder, dass es über meinen Beruf nicht viel zu erzählen gibt. Ich arbeite im Reichsjustizministerium, in der Unterabteilung für Strafrecht und Gefängniswesen. Jeden Morgen gegen Viertel nach acht betrete ich mein Dienstzimmer im dritten Stock mit Blick auf die Wilhelmstraße, setze mich an meinen Schreibtisch und beginne Akten auf- und zuzuklappen.

Neise fühlte einen Stich. Dass er neben Pohlschröder nicht in Betracht kam, am besten daran getan hätte, kein

Sterbenswort über sich zu verlieren, war so deutlich, dass er gar nicht erst den Versuch machte, sich in Ironie zu flüchten.

– Ich will mich nicht etwa beklagen. Zweifellos gibt es Menschen, die schlechtere Gründe haben, sich jeden Morgen von ihrem Wecker beunruhigen zu lassen.

– Verstehe.

– Mein Beruf ernährt mich anständig und verlässlich, und ich habe Aussicht, in Maßen Karriere zu machen.

– Verstehe.

– Dass zwischen den Akten, die ich auf- und zuklappe, und dem Wohl der Allgemeinheit ein Zusammenhang besteht, kann ich nicht ausschließen. An manchen Tagen bin ich sogar fest überzeugt davon – oder sagen wir: fast überzeugt.

– Aber wenn Sie eines Morgens zur Arbeit kämen und feststellten, dass das Ministerium in die Luft geflogen ist und Ihre Akten auf der Wilhelmstraße umherliegen – es wäre Ihnen gleichgültig.

– Jawohl.

Pohlschröder führte die Serviette an den Mund und leistete sich zum ersten Mal die Andeutung eines Zögerns.

– Ich gebe Ihnen den Rat, mein Herr, Ihre Akten ernst zu nehmen. So belanglos sie Ihnen auch scheinen mögen: Sie haben doch nichts anderes. Jeder Mensch ist gezwungen, sich an irgendetwas festzuhalten, sonst fällt er ins Nichts.

– Da gebe ich Ihnen recht. Aber wenn das, woran ich mich festhalte, mit mir ins Nichts fällt?

– Wenn alles fällt, fällt nichts.

Ein junger Mann in leuchtend roter Pagenuniform, die mit goldenen Knöpfen und Tressen und Schnüren operettenhaft überladen war, betrat den Salon. Er hielt die rechte Hand in die Höhe und balancierte auf den Fingerspitzen, die in weißen Handschuhen steckten, ein silbernes Tablett. Die Passagiere sahen von ihren Tellern auf und folgten, erfreut über die Einlage, mit neugierigen Blicken dem Weg der Uniform zwischen den Tischen hindurch.

– Herr Generaldirektor Pohlschröder? Es sind Telegramme für Sie eingegangen. Bitte sehr, Herr Generaldirektor.

Pohlschröder schob den noch halbvollen Teller beiseite, und der Bote leerte sein Tablett auf das Tischtuch.

– Es tut mir leid, Herr Neise, wir müssen unser Gespräch bei anderer Gelegenheit fortsetzen.

– Oh, bitte!

– Ich habe es mir zur Regel gemacht, die Leitung meines Unternehmens niemals aus der Hand zu geben. Daher werden mir überhallhin Telegramme nachgeschickt – ob ich mich auf der Erde, zu Wasser oder in der Luft befinde.

Er setzte einen Zwicker auf seine Nase, und wie ein Kartenspieler, der Patience legt, breitete er die Telegramme vor sich aus. Neise lächelte mit mustergültig gespieltem Verständnis, rückte sogar sein Weinglas, zwei seiner Messer und drei seiner Gabeln beiseite, um Pohlschröder mehr Platz zum Arbeiten zu verschaffen, und hatte von diesem Augenblick an nichts mehr zu tun, als zu essen und sich umzuschauen.

Drei Frauen in Trauerschwarz – zwei junge, unter zwanzig, mit blonden Zöpfen, und eine ältere, wohl die Mutter – schwiegen und hielten mit einem Ausdruck frischen Leids die Köpfe über den Spargel gesenkt. Vor unterdrücktem Tränenbedürfnis fiel es ihnen schwer, auch nur die Gabel an die Lippen zu führen und beim Trinken nichts zu verschütten. Ihre blassen Gesichter und geschwollenen Augen teilten mit: »Es geht uns schlecht, aber – was sollen wir tun, essen muss man nun einmal.« Hin und wieder hob die jüngere Tochter den Kopf und ließ, wohl um für einige Sekunden von den Trauerstrapazen zu verschnaufen, ihren Blick über die zuckenden Wanduhren und die verknäulten Routen gleiten. Die Mutter und die Schwester versagten sich solche Frivolitäten, schienen jeden Seitenblick als einen Verrat an der Unbedingtheit ihres Gefühls zu empfinden, widmeten ihre Aufmerksamkeit ausschließlich dem Spargel und ihrer Trauer.

Ein älterer Mann ließ sich mit »Herr Gesandter« anreden und trug ein silbernes Oberlippenbärtchen in einem Gesicht, das ebenso kultiviert wie langweilig war. An seinem Tisch saß ein kleinbürgerliches Ehepaar, das vor Aufregung glühte, das Abendessen mit einem Gesandten einzunehmen, ihm taumelnde Ehrerbietung entgegenbrachte wie einem gerade noch menschlichen Wesen, das in entrückten Sphären beheimatet war, die in Illustrierten vorkamen und nur dort.

Das Illustrierten-Wesen gab sich wohlgelaunt, hielt mit professionellem Geschick eine Konversation in Gang und erweckte den Eindruck, sich am liebsten mit einfachen, natürlichen Leuten zu unterhalten, weil es auch selbst nichts als einfach und natürlich war. Die Kleinbürger staunten, dass der von so weit oben Herabgestiegene gar nicht eingebildet war, und redeten so unbekümmert und mitteilungsfreudig drauflos, als säßen sie mit ihresgleichen in der Kneipe um die Ecke.

Der Kapitän erschien. Ein gemessenes Lächeln auf den Lippen und die Schirmmütze unter dem Arm, ging er von Tisch zu Tisch und machte die Honneurs wie ein Gutsherr der Lüfte. Er begrüßte die Herren mit distinguiertem Kopfnicken, die Damen mit weltmännischer Verbeugung und angedeutetem Handkuss; an jedem Tisch knüpfte er eine kleine Unterhaltung an, die auf behagliche Art ohne Inhalt blieb, sich ganz im Gepflegten und Atmosphärischen verströmte.

– Guten Abend … Darf ich mich vorstellen … Westarp ist mein Name … Angenehm … Ich habe die Ehre, der Kapitän dieses Schiffes zu sein … Aha, ich sehe …, Sie sind bereits beim Hauptgang angelangt … bei unserem gebratenen Täubchen auf Kresse … Es ist zwar eigentlich schon zu spät, noch einen Guten Appetit zu wünschen, aber … sei's drum … Guten Appetit! … Höhenluft macht hungrig … haha …

Er trug eine dunkelblaue Uniform, die fast ohne Gold und Silber auskam und deren Schlichtheit eine Wohltat war nach dem, was der Page aufgeboten hatte. Sie fügte sich so harmonisch zu seinem Äußeren, dass Neise sie kaum wahrnahm, überhaupt nicht für ein Kleidungsstück, sondern einen Teil seines Körpers hielt. Er trug sie wie ein

Leopard sein geflecktes Fell – sich ihn in anderer Kleidung, den Leoparden mit anderem Fell vorzustellen, war unmöglich.

– Ich hoffe, Sie fühlen sich wohl an Bord? … Haben Sie die ersten Stunden zu Ihrer Zufriedenheit verbracht? … Ah, ja … Das freut mich … Sehr schön … Ich weiß ja …, aller Anfang ist schwer … auch der einer Reise in der Berlin … Bevor man sich an Bord wohlfühlen kann, muss man einiges hinter sich bringen… Erst kommen die Formalitäten am Flughafen … dann der Weg über das Rollfeld … das Auspacken in den Kabinen … ach, ja …

Seine Augen hatten etwas Unheimliches, Einschüchterndes, das wenig zu seiner sonstigen Erscheinung passte. Sie waren schmal und grau, saßen regungslos in ihren Höhlen, schienen sich zum jederzeitigen Hervorspringen bereitzuhalten. Neise wusste nicht, wie es wäre, sich über längere Zeit von diesen Augen ansehen zu lassen, hielt es für besser, ihnen nur hin und wieder zu begegnen, nicht öfter als einmal am Tag, und am besten auch nicht allein, sondern gemeinsam mit anderen.

– Mit dem Wetter haben wir es nicht gut getroffen … Über ganz Deutschland nichts als Wolken, Wolken, Wolken … Die Wettergötter scheinen schlecht auf uns zu sprechen zu sein … Aber, nun ja… Wir wollen hoffen, dass es morgen wieder besser wird …

– Ich möchte Sie auf einen Missstand aufmerksam machen!

Pohlschröder hatte, als der Kapitän an den Tisch trat, zunächst weiter in seinen Telegrammen gelesen; jetzt richtete er sich in seinem Stuhl auf, nahm den Zwicker von der Nase und bohrte seinen Blick in den Westarps.

– Aber bitte, der Herr … selbstverständlich … worum geht es …

– Um ein technisches Problem. Als ich vor dem Abendessen ein Telegramm aufgeben wollte, wurde ich abgewiesen. Der Telegrafenapparat sei gestört, sagte man mir, und ich müsse mich bis morgen früh gedulden.

– Aha … so … das hat man Ihnen gesagt …

– Ja, und das ist völlig inakzeptabel! Ich verlange, dass ich jederzeit die Möglichkeit habe, Telegramme abzusetzen. Mein Name ist Pohlschröder. Ich leite ein internationales Unternehmen, die Vereinigten Röhrenwerke. Auf keinen Fall werde ich es hinnehmen, dass …

Neise setzte sein Weinglas ab, um in Ruhe Westarps Gesicht zu betrachten, das eine rasche Wandlung durchmachte: Die Lippen spannten sich zu einem farblosen Strich, sodass sie kaum noch sichtbar waren, und die Mundwinkel gerieten in rhythmisch ziehende Bewegung, die sich über die Wangen bis zu den Ohren hin ausbreitete.

– Ich bitte Sie um Nachsicht, Herr Pohlschröder. Was Sie da sagen, höre ich gar nicht gern. Es handelt sich um einen gravierenden Vorfall.

– Der Ausdruck gravierend ist berechtigt!

Westarp richtete sich noch gerader auf, als er schon aufgerichtet war, und presste die Arme gegen den Körper, sodass die Schirmmütze zwischen Rippen und Ellbogen zusammengequetscht wurde.

– Ich danke Ihnen, dass Sie sich an mich gewandt

haben. Nur wenn ich auf einen Missstand aufmerksam gemacht werde, bin ich in der Lage, gegen ihn einzuschreiten. Mit welchem Mitglied der Bordmannschaft haben Sie gesprochen?

– Ich weiß es nicht – mit einem Steward, einem Schiffsoffizier – das ist für mich ohne Interesse.

Westarps Brauen hoben sich in die Höhe, und die Augen krochen aus der Tiefe ihrer Höhlen hervor.

– Der Name wird sich klären lassen! Ich versichere Ihnen, dass ich mich dieser Angelegenheit persönlich annehme. Persönlich! Der Telegrafenapparat wird noch heute Abend seinen Betrieb wieder aufnehmen, darauf können Sie sich verlassen.

Der ›Rote Salon‹ leistete an Mondänität, an Titanic-artigem Luxus das Äußerste, was im Himmel möglich war. Künstliche Zierpalmen, die so naturgetreu wirkten, dass manche Passagiere sie verblüfft mit den Fingern betasteten, wuchsen bis zur Decke empor. Die weinroten Plüschsessel sahen aus wie weinrote Plüschsessel und konnten doch nicht echt sein: Sie wogen fast nichts und ließen sich mit zwei Fingern bewegen; sich in sie hineinzusetzen, ohne sie zu verrücken, war nicht möglich. Auch eine Galerie gab es, eine Art Ersten Rang wie im Theater, wo man hinter einer marmornen Balustrade aus Presspappe saß und eine gute Sicht bei guter Akustik hatte. Seitlich waren drei Spieltische aufgestellt, an denen sich die Gäste mit Skat oder Mensch-ärgere-dich-nicht die Zeit vertreiben konnten. Von einer Empore, die mit weinroten Girlanden geschmückt war, verteilten vier Männer in weinroten Jacketts, die Bordkapelle ›Salut d'Amour‹, musikalische Bonbons.

Draußen war es schwarzer Abend geworden. Die Wolken flanierten noch immer vorüber, verbargen sich aber als Schemen in der Dunkelheit und wirkten dadurch umso neugieriger. Das Salonleben spiegelte sich mit makelloser Schärfe in den Scheiben, sodass der Eindruck entstand, auch im Himmel werde geplaudert, Karten gespielt und musiziert. Von der Decke hingen kugelförmige Lampen aus Milchglas, die eine dreifache Existenz führten: Sie verbreiteten im Salon ihr festliches Licht, spiegelten sich in den Fenstern und zogen als Monde durch die Nacht.

Neise saß lesend auf der Galerie. Seine abendliche Lektüre war ein zeremonieller Akt, der bis in winzige Einzelheiten von Gewohnheiten beherrscht wurde, die keine Ausnahme zuließen. Immer las er nur alte und schöne Bücher, nach denen er am Wochenende in Antiquariaten Jagd machte. Immer wusch er sich vor dem Lesen die Hände, wie sauber sie auch sein mochten. Immer schlug er das rechte Bein über das linke (nie umgekehrt) und zeichnete mit der Spitze seines Fußes Figuren in die Luft. Von der genauen Einhaltung dieser Gewohnheiten hing es ab, ob ihm die Lektüre Freude bereitete: Wenn er gezwungen war, mit ungewaschenen Händen zu lesen, oder nicht genug Platz fand, um die Beine übereinanderzuschlagen und Luftfiguren zu zeichnen, mochte er sein Buch kaum noch aufklappen.

Neben Neise saß ein älterer Mann, der Bier aus einem Humpen trank und so fettleibig war, dass er seinen Sessel vollständig ausfüllte. Er wirkte wie eine Verhöhnung des allgemeinen Strebens nach Leichtigkeit, und bei seinem Anblick ging Neise die Frage durch den Kopf, ob ein so Korpulenter an Bord überhaupt geduldet werden dürfe? Neben ihm saß seine Frau; sie trug goldene Ohrringe von beträchtlicher Größe, die bei jeder Bewegung ihres Kopfes ins Schaukeln gerieten, und trank auf hörbare Weise Tee aus einem Meißener Tässchen.

Der Mann winkte einen Kellner heran, indem er seinen Humpen in die Höhe reckte.

– Ick muss Ihnen leider mitteilen, junger Mann, dat meene Frau und ick mit dem Tee und dem Bier hier nich zufrieden sind – und zwar janz und jar nischte.

Der junge Mann war mehr jung als ein Mann. Die Kellnerjacke passte ihm noch nicht recht, in ihre Schultern und Ärmel würde er noch hineinwachsen; auch wie man eine Krawatte bindet, musste er noch besser lernen. Er erinnerte an ein Kind, das sich zu Karneval vom Vater ein Jackett geliehen hat und als »Erwachsener« geht.

– Das tut mir leid, Sie … sind nicht zufrieden?

– Dat hab ick Ihnen doch jrade eben jesacht! Der Tee is kalt, und dat Bier is so warm, dat keen Mensch 'n eenzjen Schluck davon trinken kann. Wenn dat Bier so kalt wär wie der Tee und der Tee so warm wie dat Bier, dann hätten Se in uns zufriedene Jäste.

Die Frau verzog den Mund zu einem breiigen Lächeln und bestätigte ihrem Mann durch eine Kopfbewegung, dass ihm eine vorzügliche Pointe gelungen sei. Auch der Kind-Kellner lächelte, doch nicht weil er Sinn für Pointen besaß, sondern aus Verlegenheit.

– Offen jestanden weeß ick nich, junger Mann, wat et da für Sie zu lächeln jibt. Se sollen nich jrinsen, sondern in die Küche jehn und 'n heißen Tee und 'n kaltet Bier holen – und det warme Bier und den kalten Tee können Se bittschön wieder mitnehmen!

Halb erstarrt und zu langsam nahm der Kellner den Humpen und die Tasse auf sein Tablett, wollte sich umdrehen und den Befehl des Berliners ausführen, blieb dann aber doch stehen – vielleicht formte sich in seinem Kopf ein entschuldigender Satz, den er noch hätte anbringen können, oder er fürchtete, verwirrt wie er war, gerade durch sein Weggehen neuen Ärger auszulösen. Mit einer Körperwendung, die ihm in der Enge des Sessels nahezu unmöglich war, wandte sich der Berliner seiner Frau zu:

– Da reden se überall jroß davon, wie vornehm und jediejen et auf der Barlin zujeht – und dann läuft da so 'n Stift von Kellner rum, der vor lauter Dusselichkeit nich mal in der Lage is, eim 'nen halbwechs kühlet Bier zu bringen. Weeste, zu Hause kenn ick an jeder Ecke zwee Kneipen, wo det für 'n paar Jroschen selbsverständlich is, aber da wissen se eben noch, wat jut schmeckt, und da tragen se auch die Nasen nich so hoch wie hier oben.

Aus den Augenwinkeln bemerkte er, dass der Kellner noch immer neben ihm stand:

– Na, wo jibtet denn det!? Da lungert er rum, der Junge! Vadammt, jetz bejreif ick allmählich, wie der det fertich bringt, dat det Bier so warm wird wie der Tee und der Tee so kalt wie det Bier!

Die vier von Salut d'Amour spielten Geige, Bratsche,

Kontrabass und Flügel. Sie beherrschten ihr Handwerk mit bis zur Bewusstlosigkeit gesteigerter Routine und hätten die Zucker-Stücke, die ihr ausschließliches Repertoire bildeten, nicht noch geistesabwesender spielen können. Die Passagiere widmeten ihnen nur beiläufigste Aufmerksamkeit, waren nicht bereit, ›Ich küsse Ihre Hand, Madame‹ und ›Dein ist mein ganzes Herz‹ für mehr als ein melodisches Geräusch im Hintergrund, eine geschmackvolle Dekoration wie die künstlichen Palmen zu halten. Allenfalls zwei oder drei Gäste gab es, die mit lauwarmem Interesse zuhörten, hin und wieder aufmunternde Blicke zur Empore warfen und sogar Beifall spendeten, dem man allerdings anhörte, dass er aus Mitleid geboren war, und der in der Weite des Salons dünn bis zur Schmerzhaftigkeit blieb.

Der Auffälligste unter den Musikern war der Geiger. Sein slawisches Gesicht mit dem Zwirbelschnurrbart und dem schmorenden Blick mochte vor zwanzig Dienstjahren schön gewesen sein. Leidenschaftlich umschmiegte er die Geige, hingebungsvoll schloss er die Augen, selbstverloren wand er den Oberkörper. Von Zeit zu Zeit legte er die Geige beiseite und spielte Klarinette, womit er vorübergehend die Aufmerksamkeit selbst der Uninteressierten im Publikum auf sich zog: Man war beeindruckt, hielt es für einen Fall außergewöhnlicher Musikalität, dass jemand zwei so unterschiedliche Instrumente gleich gut beherrschte – Respekt! Aber schon nach einer Viertelminute sackte das Interesse wieder ab, waren es nur noch die üblichen zwei oder drei, die zuhörten. Hätte der Geiger jetzt von Neuem auf sich aufmerksam machen wollen, wäre ihm nichts übrig geblieben, als abermals das Instrument zu wechseln, etwa zur Trompete zu greifen, dann zur Gitarre, dann zur Posaune …

Im Salon entstand Bewegung. Ein Passagier nach dem anderen verließ seinen Platz, ging langsam, halb zögernd und halb zielstrebig, zu den Fenstern. Das kleinbürgerliche Paar unterbrach sich in einer Halma-Partie, stand mit ruckartiger Übereilung auf und fügte sich in die Herde – zwar wussten die beiden nicht, was die Bewegung bedeutete, wollten aber keinesfalls zurückbleiben. Die Passagiere auf der Galerie kamen einzeln und nacheinander die Treppe herab, beherrscht und in guter Ordnung, wie bei einer Evakuierungsübung. An den Fenstern wurde es rasch voller, manche Passagiere hatten bereits Mühe, noch einen günstigen Platz zu finden, drängten sich in letzte Lücken …

Das Wetter war besser geworden, die Wolken hatten sich gelöst, ein Lichterozean bedeckte die Erde und beschleunigte den Atem selbst der Nüchternsten und Reisemüdesten: Paris. Der Obelisk auf der Place de la Concorde war gelb illuminiert, Droschken und Automobile umkreisten ihn in halb geordnetem Durcheinander. Ein sanftbuntes Karussell drehte sich zwischen den frühlingshaften Bäumen der Tuilerien, in denen farbige Lampions steckten wie Christbaumschmuck zur falschen Zeit. Als dunkle Schlange zog sich die Seine quer durch die Stadt, schien mit all dem Geflimmer nichts zu tun zu haben und konnte ihm doch nicht entrinnen: Laternenreihen spiegelten sich in ihr, lichtergespickte Brücken schnitten sie, Bateaux-Mouches kreuzten durch ihre Schwärze.

Die Passagiere schwiegen. Ihr Atem trübte die Scheiben ein. Da und dort ließ man Frauen, auch ein oder zwei Kinder, die ungünstig standen, nach vorne zu den Fenstern aufrücken – sonst keine Bewegung. Die Kellner hatten aufgehört zu arbeiten, waren unter den Ersten gewesen, die sich Plätze gesichert hatten – der Anblick der leuchtenden Stadt setzte ihre Pflichten außer Kraft, machte sie zu Menschen unter Menschen. Die Musiker schienen strengere Anforderungen an sich zu stellen, setzten auf der Empore, als wollten sie inmitten des Chaos einen letzten Bestand an Ordnung wahren, ihre Arbeit fort und spielten »Paris, oh du Stadt meiner Träume«. Neise durchforstete sein Gedächtnis, ob er jemals in seinem Leben, und sei es auf Bildern, etwas Schöneres gesehen hatte, wurde nicht fündig und hatte es auch nicht erwartet.

In der Kabine zog Neise die Krawatte ab und trat ans Fenster, wo noch vom frühen Abend her der Stuhl stand, die beiden Sofakissen lagen. Unten auf der Erde waren keine Lichter mehr zu sehen – die Berlin hatte das Festland zurückgelassen und flog über den Atlantik. Der Himmel war mit einer Handvoll Sternen bedeckt, als versuchte er, ohne rechten Einsatz und mit geringem Erfolg, Paris nachzuahmen. In der durchsichtigen Klarheit der Nacht wirkte der Mond so nahe, als könnte ihn die Berlin, wenn sie ihre Flugrichtung änderte, in wenigen Stunden erreichen.

Neise näherte sein Gesicht der Scheibe an, bis es den Hauch ihrer Kühle spürte, und legte die Hände an die Schläfen wie Scheuklappen. Jetzt sah er nichts mehr als die Finsternis des Meeres, den weißen Mond mit seinen grauen Flecken. Die Berlin hatte sich von der Erde losgemacht und war ins Weltall hinaufgestiegen; mit der Gelassenheit, die ihr auch sonst zu eigen war, zog sie durch die Schwerelosigkeit. Er unternahm ein paar Versuche, Nein zu sagen, den Forderungen des Verstandes zu ihrem Recht zu verhelfen, das Schiff zurück in die Nähe des Meeres zu drücken – ohne Erfolg. Der Verstand spielte hier keine Rolle mehr, was sich mit ihm begreifen ließ, war in der Tiefe zurückgeblieben. Die Berlin würde immer weiter und weiter fliegen, am Mond vorbei und nicht nur an ihm. Dass sie auf der Erde nicht zu halten war, andere Pläne im Schilde führte, die über alles Übliche hinausgingen, wusste er ja längst.

3

Beim Frühstück ertappte sich Neise dabei, wie er zwischen zwei Brötchen mit Erdbeermarmelade den Kopf wiegte und ›Dein ist mein ganzes Herz‹ summte, fast schon sang. Zum Glück saß er allein, sodass niemand ihn hören konnte, auch Kellner waren gerade nicht in der Nähe. Einen derartigen Grad von guter Laune hatte er seit Wochen oder Monaten nicht mehr erlebt, und vor Staunen lehnte er sich mit halb offenem Mund im Stuhl zurück. Eine Minute lang saß er da, richtete den Blick auf den silbernen Honigspender in der Mitte des Tisches und horchte in sich hinein: Die Fröhlichkeit hielt an; dass er auf sie aufmerksam geworden war und nicht wusste, wie er sie sich erklären sollte, tat ihr keinen Abbruch.

Er dachte nach, welche Gründe es geben könne, fröhlich zu sein. Vor den Fenstern schwebten Zirruswölkchen und malten Muster in den Himmel, die zu fein ziseliert und hauchartig waren, um sich lange zu erhalten. Die Brötchen waren knuspriger und goldener, als sein Bäcker in Charlottenburg sie je zustande gebracht hätte. Obwohl er lange in den Morgen hineingeschlafen hatte, war es noch angenehm früh, nicht einmal acht Uhr: Da das Luftschiff nach Westen flog, vom Aufgang der Sonne fort, waren die Uhren über Nacht um zwei Stunden zurückgestellt worden. Was aber das Wichtigste war: Das Ministerium lag Hunderte oder Tausende von Kilometern entfernt. Sollten seine Vorgesetzten, aus welchen Gründen auch immer, auf den Gedanken kommen, ihn aus dem Urlaub an die Arbeit zurückzurufen: Es wäre unmöglich. Zwar war, solange er im Ministerium arbeitete, noch nie jemand aus dem Urlaub zurückgerufen worden, denn zu solch extremen Schritten entschloss man sich nur, wenn eine Katastrophe eintrat, und Katastrophen traten im Ministerium nicht ein. Wenn sie aber, entgegen jeder menschlichen Voraussicht, doch einmal eingetreten wären: Selbst dann hätte man ihn nicht zurückrufen können.

Als die Uhren an fünf Orten der Erde gleichzeitig schlugen, trat Pohlschröder in den Saal.

– Guten Morgen, Herr Generaldirektor! Sie sind der pünktlichste Mensch, dem ich je begegnet bin. Künftig werde ich meine Uhr nach Ihnen stellen. Seien Sie ehrlich: Haben Sie draußen vor der Tür gewartet, um den Gongschlag abzupassen?

Noch während Pohlschröder sich setzte, hielt er nach einem Kellner Ausschau, denn er wollte zügig seine Bestellung aufgeben und wenigstens eine Kleinigkeit zu sich nehmen, ehe man ihm die ersten Telegramme bringen würde.

– Ich bin ein rational handelnder Mensch, Herr Neise. Daher würde ich niemals vor einer Tür stehen bleiben, die ich ohne Weiteres öffnen kann.

– Verstehe.

– Im Übrigen steckt in dem, was Sie sagen, ein Widerspruch. Woher wollen Sie wissen, dass ich pünktlich bin? Sie schließen es daraus, dass ich mit dem Schlag der Uhren hereinkomme. Aber sind Sie sicher, dass die Uhren pünktlich gehen? Gibt es dafür einen Beweis? Vielleicht gehen die Uhren in Wahrheit falsch – in diesem Fall wäre ich, gerade weil ich mit dem Glockenschlag erscheine, unpünktlich.

– Verstehe.

Neise hielt diesen Gedanken für oberklug und spitzfindig und ärgerte sich zugleich, dass er nicht selbst auf ihn gekommen war.

– Sie haben wohl recht … Ich finde es übrigens, wie soll ich sagen, fast ein wenig unheimlich, dass man in diesem Salon auf einen Blick so viele Uhren sieht. New York … Berlin … Moskau … Peking … Es kommt einem vor, als herrschte auf der Erde ein heilloses Zeitdurcheinander. Eine einzelne Uhr hat immer etwas Seriöses, Respektgebietendes. Man kann sie nicht einfach abtun, muss sich mit ihr beschäftigen. Dagegen mehrere Uhren, die auch noch unterschiedliche Zeiten anzeigen – wie soll man die ernst nehmen? Allein durch ihre Zahl wirken sie dubios … Wenn Sie in ein Juweliergeschäft gehen und an den Wänden drei Dutzend Uhren sehen – können Sie glauben, dass alle die korrekte Zeit anzeigen? Doch wohl nicht … Im Grunde ist es grotesk, dass sich jeder Pekinger sklavisch an die Uhrzeit in Peking hält, die schon ein paar hundert Kilometer weiter, sagen wir: in Tokio, keinerlei Bedeutung mehr hat. Oder nehmen Sie die Uhrzeit hier oben: Die gilt sogar nur für ein winziges Grüppchen von Menschen – niemand sonst interessiert sich für sie. Sogar unter dem Schiff, ein paar hundert Meter tiefer, ist sie schon ohne Belang, denn da gibt es ja nur das Meer, und im Meer ein paar Fische …

Wie ein neugieriger Außenstehender hörte er sich zu, verfolgte mit überraschtem Interesse, wohin seine Redseligkeit, die Lust am wahllos sich abspulenden Gedanken ihn noch treiben würden.

– Das Unseriöseste an der Bordzeit ist, dass sie sich in Sprüngen bewegt. Jeden Tag, wenn die Uhren umgestellt werden, springt sie um zwei Stunden zurück. Das heißt – in Wahrheit springt natürlich nicht die Zeit, sondern die Uhrzeiger tun es. Die Zeit läuft von morgens bis abends gleichmäßig vor sich hin; die Uhren dagegen geraten aus dem Takt und müssen umgestellt werden … Eigentlich wäre es korrekter, meinen Sie nicht, die Uhren ständig zurückzudrehen, in regelmäßigen Abständen, etwa alle zehn oder fünfzehn Minuten. Dann wäre die Uhrzeit über den ganzen Tag hin realistischer. Andererseits wäre man gezwungen, immer wieder seine Uhr zu verstellen, und es müsste jemanden geben, der von früh bis spät in den Salons herumginge und die Zeit ausriefe – wie ein Nachtwächter.

Während er vor sich hinredete, sah er zur Decke empor, heftete den Blick auf eine der Routen und folgte ihrem mäandrierenden Weg: Von Deutschland zog sie sich zum Mittelmeer, glitt über die griechischen Inseln bis nach Persien, stieg nach Russland hinauf und überquerte den Ural;

in Sibirien schürzte sie mit zwei weiteren Routen einen Knoten, den er selbst bei scharfem Hinsehen nicht entwirren konnte und aus dem keine der drei wieder hervorkam.

– Stellen Sie sich Folgendes vor: Um fünf Uhr nachmittags trinken Sie Ihren Tee im Roten Salon. Um sechs Uhr wird die Bordzeit um zwei Stunden zurückgestellt. Jetzt ist es wieder vier, und Sie haben eine ganze Stunde Zeit, bis Sie noch einmal um fünf Ihren Tee trinken können. Wenn Sie es tun, dürfen Sie sagen: Heute Nachmittag habe ich zweimal Tee getrunken – erst um fünf und dann noch einmal um fünf. Ist das nicht amüsant?

– Schon gut, schon gut!

Pohlschröder strich mit einer energischen Bewegung, aus der mehr als nur ein Anflug von Ungeduld sprach, Butter auf sein Brötchen.

– Worauf wollen Sie hinaus? Wenn Sie zum ersten Mal Ihren Tee trinken, ist es jedenfalls fünf Uhr. Dass es zwei Stunden später noch einmal fünf ist, ändert daran gar nichts. Selbst wenn es fünfmal hintereinander fünf wäre, Sie hätten keine einzige Stunde gewonnen.

Dieser Mann lebt aus dem Gefühl, dachte Neise, in einer geistigen Klasse zu spielen, über der es keine höhere gibt. Und mich hält er für jemanden, der außer Sichtweite unter ihm spielt. Dass ich je etwas sagen könnte, das er nicht schon selbst einmal gesagt hätte, und zwar besser, hält er für ausgeschlossen. Und wenn ich ihm sagte, dass ich mich von ihm brüskiert fühle?

– Wie dem auch sei, ich finde die Zeitverhältnisse an Bord jedenfalls angenehm. Man kann es sich von morgens bis abends gemütlich machen, ohne von der Uhr gehetzt zu werden. Nach dem Aufwachen bleibt man seelenruhig im Bett liegen, das Mittagessen zieht man genüsslich in die Länge, abends sitzt man nach Herzenslust in den Salons – und nie wird einem die Zeit knapp! Man kann sie nach Belieben vergeuden, immer wird sie einem zurückgeschenkt.

– Haben Sie schon darüber nachgedacht, dass Sie eines Tages die Rückreise antreten müssen? Dann wird das Schiff in die umgekehrte Richtung fliegen, und die Zeit wird nicht mehr für Sie laufen, sondern gegen Sie. Die Stunden werden Ihnen nicht mehr hinzugeschenkt, sondern weggenommen. Sie vergeuden heute die Zeit, die Ihnen morgen fehlt.

Die Tür des Salons öffnete sich, der operettenhafte Bote erschien, und noch ehe Neise etwas erwidern konnte, setzte sich Pohlschröder den Zwicker auf die Nase und verrückte mit geübten Bewegungen sein Gedeck.

Die Sessel des Rauchkabinetts waren mit tabakbraunem Plüsch bezogen. Der Boden war mit tabakbraunen Teppichen ausgelegt, die Wände mit tabakbraunen Tapeten bespannt, und die Kellner trugen tabakbraune Livreen. Jeder Sessel verfügte über ein Beistelltischchen mit Feuerzeug, Streichholzschachtel sowie Zigarrenabschneider, in die tabakbraunen Armlehnen waren Aschenbecher eingearbeitet. Eine Bibliothek versammelte Werke wie das ›ABC des Pfeiferauchens‹ und die ›Kulturgeschichte der Zigarre‹, ferner die Zeitschriften ›Der Herrenraucher‹ und ›Die deutsche Tabaksrundschau‹ in schmuckvollen Jahressammelbänden. An den Wänden hingen die Gemälde ›Der preußische Soldatenkönig und das Tabakskollegium‹ und ›Amerikanische Negersklaven schleppen Tabaksbündel‹. Unter der Decke schwebte graublauer Qualm und ballte sich zu Wolken wie an einem Miniaturhimmel; sie hingen so tief herab, dass großgewachsene Passagiere sich bücken mussten, um nicht mit den Köpfen einzutauchen.

Dass alle Passagiere rauchten, verstand sich von selbst. Sie kamen ja nur um des Rauchens willen hierher; auch gab es kaum etwas anderes, das sie sonst hätten tun können. Umgekehrt konnten sie in den anderen Salons zwar vielerlei tun, rauchen jedoch gerade nicht. Hinzu kam, dass man an einem Ort, wo alles unter dem Gesetz des Rauchens stand, wo jeder Gegenstand, den man sah oder berührte, dem Rauchen diente, auf schwer widerstehbare Weise zum Rauchen aufgefordert wurde. Jeder Passagier spürte bereits beim Eintreten, dass es unpassend gewesen wäre, sich der Grenze zur Provokation genähert hätte, hier nicht zu rauchen. Wer dennoch nicht rauchte, oder wer sich auch nur für kurze Zeit im Rauchen unterbrach, stach ins Auge, musste die Aufmerksamkeit der übrigen Rauchenden auf sich ziehen wie ein Gemälde, das nicht vom Rauchen gehandelt hätte, oder ein Sessel, der nicht tabakbraun bezogen gewesen wäre.

Ein Mann mit wohlgenährtem Gesicht in Altrosa rauchte Zigarre. Er hatte die Beine zufrieden übereinandergeschlagen, den Kopf zufrieden in den Nacken gelegt und die Augenlider zufrieden gesenkt. In regelmäßigen Abständen drehte er seine Zigarre wie einen zerbrechlichen Gegenstand zwischen den Fingern, sog an ihr mit sauber gespitzten Lippen, die eigens dafür gemacht schienen, sich sauber zu spitzen und an Zigarren zu saugen, und blies Rauch in den Miniaturhimmel. Es war ihm gelungen, einen Platz zu finden, der sein Bedürfnis nach zufriedenem Genießen in vollkommener Weise stillte – nirgends hätte er sich wohler fühlen können als gerade in diesem Rauchkabinett, gerade in diesem Sessel und gerade mit dieser Zigarre.

Neise saß rauchend neben ihm. So viel Zufriedenheit machte ihn neugierig, immer wieder riskierte er Seitenblicke aus den Augenwinkeln, die jedoch so vorsichtig und verstohlen blieben, dass sie ihm nichts einbrachten. Der Nachbar wandte sich ihm zu:

– Guten Abend, Eckstedt ist mein Name. Ich sehe, Sie werfen Blicke auf meine Zigarre? Das verstehe ich, es ist ein wirkliches Prachtstück, eine Hoyo de Monterrey Nr. 7. Von allen Havannas schätze ich keine mehr als diese. Das Aroma ist in jeder Phase voll entwickelt und nuancenreich, hält sich vom ersten bis zum letzten Zug auf exzellenter Höhe. Man kann die Hoyo zu jeder beliebigen Stunde des Tages mit gleichem Genuss rauchen, sie ist für den Morgen nicht zu schwer und für den Abend nicht zu leicht. Und jedes Mal entdeckt man neue Vorzüge und Feinheiten an ihr, nie gibt sie einem das Gefühl, dass man all ihre Geheimnisse bereits erkundet hätte.

Er sprach klar und gelassen, mit zufriedener Nüchternheit, wie jemand, der gerade in ausgezeichneter Stimmung ist, die lohnenden Seiten des Lebens aus dem Vollen genießt und nebenher noch Zeit findet, einen Fachvortrag zu halten. Dass es auch beim Genuss darauf ankommt, ein kühles und abwägendes Urteil zu wahren, hätte er niemals vergessen. Selbst wo er sich sinnliche Hingabe leistete, stellte er seinen Verstand nicht zurück – der Genuss war das bevorzugte Betätigungsfeld seiner Intelligenz.

– Wenn man eine gute Zigarre raucht, kommen alle fünf Sinne auf ihre Kosten. Das *Ohr* lauscht dem Knistern, dem feinen Knacken des brennenden Tabaks. Das *Auge* beobachtet die Farbe der Glut, die schönen Windungen des aufsteigenden Rauchs. Die *Finger* betasten das Blatt mit seinen zarten Adern und Narben. Die *Nase* kostet den doppelten Duft des Tabaks aus – sowohl des glühenden, der zu Rauch wird, als auch des kalten, der noch im Blatt eingewickelt ist. Und der *Gaumen* …

Hier sprach er nicht weiter, lächelte nur ein wenig und machte eine kleine Bewegung mit der Hand: Worte waren zu armselig, um die Genüsse auszudrücken, die der Gaumen erlebte.

– Beeindruckend! Ich habe noch nie gezählt, wie viele Sinne beteiligt sind, wenn ich rauche. Wahrscheinlich nicht alle fünf, sondern bloß zwei oder drei … Was das Genießen angeht, kann ich sicher viel von Ihnen lernen, Sie scheinen Experte zu sein.

Eckstedt sog an der Zigarre, hielt den Rauch im Mundraum fest, wobei er seine Wangen aufblähte und kauende Bewegungen machte, dann stieß er zwischen den Lippen eine graue Wolke hervor.

– In meinem Leben spielt das Genießen eine große Rolle, ich leugne es nicht. Wissen Sie, dass ich die Reise in diesem Schiff allein um des Genusses willen mache? Ja, es gibt für mich keinen anderen Grund. Dass die Berlin nach Amerika fliegt, ist mir gleichgültig, ich verschwende keinen einzigen Gedanken daran. Für mich ist es nicht wichtig, ein Ziel zu haben, oder gar noch dort anzukommen, ich möchte allein das Gefühl genießen, unterwegs zu sein. Das Schönste wäre, immer im Kreis zu fliegen, viele Male um den Globus herum, drei oder vier Wochen ohne Zwischenhalt …

Er strich mit der Kuppe des Zeigefingers über die Zigarre, sei es, weil er seinem Tastsinn einen Genuss verschaffen wollte, sei es, weil er sich nicht zurückhalten konnte, dem geliebten Gegenstand seine Zärtlichkeit zu beweisen.

– Kennen Sie eine gepflegtere Art zu reisen als im Luftschiff? Nie zuvor in der Kulturgeschichte der Menschheit war es möglich, sich so komfortabel von einem Ort zum anderen zu bewegen. Hier oben gibt es kein Rattern wie in der Eisenbahn – kein Schaukeln wie auf dem Dampfer – keinen Benzingestank wie im Automobil … Jedes andere Verkehrsmittel ist der Berlin unterlegen, selbst die formidabelsten Luxusliner – Aquitania, Prince Edward und wie sie alle heißen – kommen nicht gegen sie an. Man scheut sich geradezu, ein Luftschiff auch nur als Verkehrsmittel zu bezeichnen.

– Oh, ja!

– Nehmen Sie diesen Salon hier. Die Einrichtung ist geschmackvoll, nahezu luxuriös. Wir sitzen in gemütlichen Sesseln und rauchen vorzügliche Zigarren. Es herrscht eine angenehme Temperatur, die Deckenlampen verbreiten freundliches Licht. Kellner stehen bereit, um Getränke zu servieren und uns auch sonst jeden beliebigen Wunsch zu erfüllen. Und was das Beste ist: Wir schweben über dem Meer …

Er warf einen Blick aus dem Fenster. Das Wetter hatte sich verschlechtert, Wolken in Grau und Violett, wie Neise sie nur von expressionistischen Gemälden kannte, trieben am Schiff vorüber. Der Fahrtwind blies unregelmäßig, schien mal aus dieser und mal aus jener Richtung zu kommen, Regen jagte über die Scheiben und bemalte sie mit zappelnden und wirbelnden Mustern.

– Ich habe nie zu denen gehört, die dem Anblick der Natur viel abgewinnen können. Vor allem wenn sie so aufgeregt und von der Leine gelassen ist wie jetzt, flößt sie mir Unbehagen ein – ich spüre vor allem den Wunsch, die Vorhänge zuzuziehen … Gewiss, man kann lilafarbene Wolken für einen »grandiosen« Anblick halten, windgepeitschte Wellen und fliegende Schaumkronen als »atemberaubend« empfinden. Dennoch möchte ich jetzt nicht dort unten schwimmen, »imposantes« Salzwasser zwischen den Zähnen, »majestätische« Fische unter dem Bauch … Die Natur ist einem kultivierten Menschen nur zuzumuten, wenn er sie von einem Ort aus betrachtet, an dem es etwas Gutes zu rauchen gibt. Man kann das Meer nur als schön empfinden, wenn es sich da befindet, wo es hingehört: in sicherer Entfernung und hinter Glas.

Ein nachdenklicher Ausdruck zog über sein Gesicht, und er ließ die Hand mit der Zigarre über die Sessellehne hängen, als habe er sie vergessen.

– Wenn man bedenkt, wie lange die Menschen gebraucht haben, bis sie das Meer von hier oben aus betrachten konnten! Wie viele Anstrengungen, wie viele Opfer nötig waren, um sich dies bisschen Kultur zwischen den Wolken zu erobern! … Doch die Menschen werden sich ihres Siegs nicht lange erfreuen können. Der Logenplatz hier oben wird wieder verloren gehen. Früher oder später überlegt die Natur es sich anders, macht diesem Schiff und allen, die darin fliegen, den Garaus … Es ist ja ohnehin schwierig, darauf zu kommen, die Berlin sollte imstande sein, es mit der Natur aufzunehmen. Mein Gott – ausgerechnet die Berlin! Dieses federleichte Ding! Dieses zerbrechliche Etwas! Dieses prall gefüllte Nichts! Einen noch schwächeren Gegner kann die Natur sich gar nicht wünschen! Was hat sie denn, das standhält? Nichts hat sie. Alles ist Sperrholz. Alles ist Leinwand. Alles ist Gas.

4

Neise saß auf der Kabinencouch und ließ den dritten und vorletzten Reisetag Revue passieren, denn auf seine Art konnte er gewissenhaft sein und verlangte sich auch sonst gelegentlich Rechenschaft ab. Nach dem Frühstück hatte er im Lesesalon hervorragenden Darjeeling getrunken und mit wahlloser Ausführlichkeit in Zeitungen geblättert. Beim Mittagessen (Wildschweinbraten mit Leberknödeln und Preiselbeeren) hatte er sich mit Doktor Großmenges, Rechtsanwalt aus Bonn, unterhalten, der eine Serie von Anekdoten aus dem rheinischen Juristenmilieu erzählte, die das Gegenteil von interessant waren. Im Rauchkabinett gönnte er sich drei türkische Zigaretten, die auf reizvolle Weise im Hals kratzten, und schmökerte mit etwas schweren Lidern, die dem Wildschweinbraten geschuldet waren, in der ›Deutschen Tabaksrundschau‹. Um ein am Kinn stehen gebliebenes Barthaar abzuschneiden, das sich hartnäckig in sein Bewusstsein drängte, kehrte er in die Kabine zurück, wo er noch immer war. Um fünf würde er im Roten Salon Salut d'Amour bei der Arbeit zuhören, dann zum letzten Mal das Abendessen einnehmen, schließlich bei einer Flasche Rotwein und einer ›Hoyo de Monterrey‹ auf den Einfall der Müdigkeit warten.

Es war unmöglich, an einem solchen Tag etwas auszusetzen. Nicht die Spur einer Anstrengung hatte er gebracht, nur angenehme Scheinbeschäftigungen, die sich in zwangloser Folge aneinanderreihten. Von morgens bis abends war er *andante* vergangen, in seinem bevorzugten Lebenstempo. Der Atmosphäre nach ähnelte er gewissen Erinnerungen an die Sommerferien der Kindheit, auch an die müßige und ungreifbare Zeit zwischen Abitur und Anfang des Studiums, wobei er jedoch den Vorteil besaß, mehr als eine Erinnerung zu sein. Allenfalls die türkischen Zigaretten, die er noch immer im Rachen spüren konnte, waren keine gute Idee gewesen, und auch das Gespräch mit dem Rechtsanwalt hätte er sich besser gespart, doch immerhin war es kurz gewesen, und ab der zweiten Anekdote hatte er nicht mehr zugehört.

Morgen Mittag um zwölf würde die Reise zu Ende gehen. Er hätte sie gern noch ein wenig in die Länge gezogen, zumindest um einen oder zwei dieser schwebenden Tage nach dem Abitur. Ein Leben, das so mühelos und behaglich vor sich hinplätscherte, in dem es nichts gab, das nicht interessant war und Vergnügen bereitete, hatte er auf der Erde noch nie erlebt. Er legte keinen Wert darauf, in Amerika, auf einem der ferneren Planeten des Sonnensystems oder sonstwo anzukommen, ja die meiste Zeit des Tages war ihm nicht einmal bewusst, dass er sich auf einer Reise befand: dass der Spiegel, vor dem er sein störendes Barthaar abschnitt – die Osterglocken auf dem Fensterbrett, aus denen er bald wieder eine Blüte auswählen musste, um für den Speisesaal gerüstet zu sein – die Schuhe neben dem Spind, die er jeden Abend nach draußen vor die Kabinentür stellte, wo sie von hilfreichen Geistern eingesammelt und bis zum nächsten Morgen geputzt wurden – dass all dies durch den Himmel flog.

Er sah sich um: Nichts gab es hier, das auch nur auf die schonendste und verklausulierteste Weise angedeutet hätte, dass er unterwegs war. Die Einrichtung der Kabine glich der eines irdischen Hotels der oberen Mittelklasse, wenn man freundlicher sein wollte: der unteren Oberklasse. Draußen vor dem Fenster eilte nicht etwa eine Landschaft vorüber – Wolken standen regungslos im nachmittäglichen Blau, wie auf eine Kulissenwand hingemalt. Das Geräusch der Motoren spielte keine Rolle, wurde mit diskreter Zuverlässigkeit vom Fahrtwind davongetragen, nur ein feines Summen fand den Weg in die Kabine, das nicht einmal an einen Motor, eher an ein größeres Insekt denken ließ.

Die Berlin tat alles, um ihre Passagiere in die Illusion des Stillstands zu hüllen, ihnen jeden Gedanken an das Reiseende auszutreiben. Der Unterschied zwischen Ziel und Weg verwandelte sich in eine Ansichtssache, über die man lange mit sich selber streiten konnte, ohne zu einem Ergebnis zu gelangen. Man wusste, dass man flog, war jedoch frei, es nicht zu glauben, und wenn man es nicht glaubte, flog man auch nicht.

Morgen würde die Berlin landen … Es kam ihm unheimlich vor, denn die Reise hatte ja eben erst begonnen, vor lachhaft kurzer Zeit! Er erinnerte sich noch so deutlich, als liege es nur eine Viertelstunde zurück, wie er die Kabine zum ersten Mal betreten hatte, und nun würde er sie schon bald für immer verlassen. Die Zeit war so unglaubwürdig schnell vergangen, wie er es nicht einmal im Urlaub oder sonst in ungeordneten Zeitverhältnissen je erlebt hatte. Und dabei war sie in Wahrheit *langsamer* vergangen, hatte sich sogar vermehrt, täglich um zwei Stunden! Erst heute Morgen wieder hatte er – die immer gleiche Pointe, die sich jedoch als robust und langlebig erwies – nach dem Aufwachen von acht bis neun im Bett gelesen, dann seine Uhr auf sieben zurückgestellt, dann von sieben bis neun gedöst ...

Das dumpfheisere Tuten eines Schiffshorns rollte über das Meer und durch den Himmel. Verwirrt ging Neise zum Fenster und zog die Gardine beiseite: Das Schiff flog niedrig, nicht höher als in den ersten Minuten nach dem Aufstieg, noch über den Villen des Grunewalds. Von der Seite her, den Kurs der Berlin kreuzend, schob sich ein Ozeandampfer von verwirrender Größe heran. Sein schwarzer Rumpf war mit gelben Bullaugen bedeckt wie auf kitschigen Gemälden der Nachthimmel mit Sternen. Neise nahm sein Reisefernglas vom Nachttisch: Aus drei rotschwarzen Schornsteinen wälzte sich Rauch wie von verheerenden Bränden und zog als graues Band über den Spiegel des Meeres. Hunderte von Passagieren standen auf den Decks und winkten und schwenkten Hüte und ließen Tücher flattern. In einem blauen Schwimmbecken rissen die Badenden die Arme aus dem Wasser oder schwammen zu den Treppen, um auf dem Trockenen noch besser jubeln zu können. Ein Bordorchester in rosa Uniformen spielte auf dem Promenadendeck und sandte einen musikalischen Gruß in die Höhe.

Er hob die Hand und winkte wie ein König aus der Sänfte. Obwohl er sich nicht sicher war, ob jemand ihn dort unten sehen konnte, hätte er es doch für kalt, auf übertriebene Weise rational gehalten, so viel Freundlichkeit ohne Erwiderung zu lassen, nicht wenigstens auf symbolische Art für sie zu danken. Die Ovationen galten zwar, er wusste es, nicht ihm, sondern dem Schiff – doch er dankte stellvertretend für die Berlin, da diese es nun einmal nicht konnte. Im Übrigen ließ sich zwischen einem Zeppelin und denen, die in ihm flogen, keine reinliche Trennung vornehmen: Die Faszination der Berlin strahlte auch auf die Passagiere aus, selbst der Gewöhnlichste und Langweiligste nahm, sobald er an Bord ging, sensationelle Züge an.

Am Ende des Kabinengangs saß Steward Diehl auf einem Klappstuhl, hatte halb kindlich, halb wie ein Bord-Soldat die Füße nebeneinandergestellt und machte Notizen in eine Kladde. Neise konnte ein mokantes Lächeln nicht unterdrücken, und zugleich spürte er, dass der Steward ihm sympathisch war, zu dem vielen an Bord gehörte, das ihm gefiel. »Schade – alles zu schnell zu Ende gewesen« war die Kategorie, in die auch er gehörte. Später einmal, oder besser gesagt: ziemlich bald, würde er mit einem Stich an ihn zurückdenken. Und dabei hatte er ihn natürlich kaum kennengelernt, wusste so gut wie gar nichts über ihn, nur ein paar Kleinigkeiten, die auch noch alle einen Zug ins Lächerliche besaßen, jedenfalls wenig dafür hergaben, mit einem Stich an ihn zurückzudenken.

Diehl stand rasch, fast hastig auf, um Neise im Stehen begrüßen zu können.

– Guten Tag, Herr Steward. Gut, dass ich Sie treffe. Können Sie mir sagen, wie der Dampfer hieß, dem wir eben begegnet sind?

– Es war die Aquitania, Herr Oberregierungsrat. Sie fährt unter britischer Flagge und ist einer der schnellsten Dampfer, die je gebaut wurden. Im letzten Jahr hat sie den Atlantik in nur sechseinhalb Tagen überquert und dafür das Blaue Band erhalten, die höchste Auszeichnung, die an Passagierschiffe vergeben wird.

Er sprach zügig und etwas leiernd, wie man einen Text heruntersagt, den man auswendig kennt und schon oft auswendig und leiernd heruntergesagt hat. Zugleich freute es ihn, dass er Neise einen Dienst erweisen und sich wieder einmal als Musterschüler zeigen konnte.

– Und wohin fährt die Aquitania? Wissen Sie das auch?

– Sie hat dasselbe Ziel wie wir, Herr Oberregierungsrat, die Vereinigten Staaten von Amerika.

Neise war so überrascht, dass er mit den Schultern zuckte und das Kinn nach vorn streckte.

– Dasselbe Ziel wie wir?

– Ja. Die Aquitania kommt von Hamburg, legt einen Zwischenhalt in Southampton ein, um zusätzliche Passagiere an Bord zu nehmen, und geht dann auf Kurs New York.

– Aber wenn die Aquitania das gleiche Ziel hat wie wir, warum fährt sie dann eigentlich in eine andere Richtung?

Jetzt war der Steward überrascht. Auf seiner Stirn erschienen zahlreiche Falten, die zwischen den Brauen ihren Ausgang nahmen und v-förmig zur Mütze emporstiegen wie das Delta eines Flusses.

– Sie haben recht … Das ist merkwürdig. Die Aquitania müsste … in dieselbe Richtung fahren wie wir …

– Das müsste sie!

– Ich fürchte … ich kann Ihnen im Augenblick … in dieser Angelegenheit …

Neise fand wieder zu seinem Lächeln zurück, denn der Anblick des überforderten Musterschülers, der von einem Fuß auf den anderen trat und seine Kladde zwischen den Händen wandern ließ, belustigte ihn. Gutmütig legte er ihm die Hand auf den Oberarm:

– Macht nichts, Herr Diehl, schon gut. Denken Sie nicht weiter darüber nach.

– Es besteht kein Zweifel, Herr Oberregierungsrat, dass die Aquitania nach New York fährt. Früher wurde sie im Südamerikaverkehr eingesetzt und bediente die Route von Europa nach Rio de Janeiro. Doch diese Zeiten sind vorbei – heute fahren nach Südamerika nur noch die deutsche Bremen, die holländische Statendam und die portugiesische Recife.

– Ich glaube Ihnen gern, dass die Aquitania nach New York fährt. Aber sagen Sie mir: Wohin fliegt die Berlin?

Diehl reckte das Kinn.

– Auch die Berlin fliegt nach Amerika, Herr Oberregierungsrat. Selbstverständlich!

Mit routinierter Beschwingtheit spielte die Kapelle ein Potpourri aus Walzern und Märschen. Die Passagiere waren in angeregter Laune und bestellten erste Weine und Biere, um den Abend einzuleiten. Draußen vor den Fenstern hatte sich das Wetter verschlechtert: Die Sonne drohte zwischen bleigrauen Wolken zu verschwinden, die von fern her auf das Schiff zutrieben.

Neise saß auf der Galerie, verzehrte Salzstangen und Käsegebäck in unvernünftigen Mengen und stellte sich die Frage, ob die Berlin womöglich in die falsche Richtung fliege. Schwer zu beantworten! Vielleicht war es ja auch die Aquitania, die sich nicht an ihren Kurs hielt, vorübergehend auf Abwege geraten war. Warum hätte ein Dampfer in dieser Hinsicht zuverlässiger sein sollen als ein Zeppelin? Eine weitere Möglichkeit war, dass sich beide in die falsche Richtung bewegten. Das mochte zwar unwahrscheinlich sein, hätte die Lage noch verwickelter gemacht, ließ sich jedoch, nach den Gesetzen der Logik, nicht ausschließen. Wenn er richtig nachdachte, gab es nur einen einzigen Punkt, über den Klarheit bestand: Es war unmöglich, dass beide, sowohl die Berlin als auch die Aquitania, Kurs auf Amerika hielten.

Er zog die Lippen zurück und schob die Zungenspitze vor – eine Grimasse, die ihm gelegentlich unterlief, wenn er beim Nachdenken nicht mehr weiterwusste. Die Lage war in der Tat unübersichtlich, hatte etwas von einer Denksportaufgabe, einer dieser Knobelfragen in der Samstagsausgabe der ›Berliner Zeitung‹ – und mit solchen Fragen hatte er sich immer schon schwergetan.

Plötzlich fiel ihm ein, dass er aus dem Stand der Sonne ableiten könne, in welche Richtung die Berlin flog. Warum war er auf etwas so Einfaches nicht sofort gekommen? Er sah durch die Fenster in den Himmel, wo sich gerade in diesem Augenblick die Sonne hinter einer Wolke hervorschob, als wolle sie, ihm zuliebe, ihre Position eindeutig kundtun. Weil er Hunger hatte, auch schon ein wenig müde zu werden begann (der Tag dauerte ja zwei Stunden länger als gewöhnlich!), fiel ihm das Nachdenken nicht leicht, und er benötigte eineinhalb Minuten, um herauszufinden, dass die Berlin nicht nach Westen, wie sie gesollt hätte, sondern nach Süden flog.

Zwar war er nicht überrascht, denn so oder ähnlich war es wohl zu erwarten gewesen; doch mit einem Mal Gewissheit zu besitzen, sich selbst auf eine logische Herleitung verweisen zu können, machte ihm Eindruck. Er trank sein Weinglas aus und schloss die Augen, um besser denken zu können. Vielleicht braute sich auf der direkten Route nach Amerika ein Sturm zusammen, dem die Berlin ausweichen musste? Stürme gab es über dem Atlantik, oder über Meeren überhaupt, immer wieder. Dass ein Luftschiff, das mit explosivem Gas gefüllt war, es sich nicht erlauben durfte, geradewegs in einen Orkan hineinzusteuern, lag auf der Hand. Ozeandampfer in ihrer notorischen Robustheit brauchten da weniger vorsichtig zu sein – zwar wurden sie manchmal von Eisbergen der Länge nach aufgeschlitzt, doch Stürme machten ihnen nichts aus. Noch vor kurzem hatte er in der Zeitung gelesen, dass ein Fesselballon über dem Ärmelkanal von einem Sturm gepackt worden war, in furchtbarem Schlingerflug über ganz Frankreich trieb und im Süden, dem Mittelmeer nicht mehr fern, an einem Kirchturm zerschellte.

– Guten Abend … Ich wünsche einen guten Appetit, die Herrschaften … Aha, ich sehe, Sie sind bereits beim Nachtisch angelangt … bei unserem »Eisbecher Graf Zeppelin« … Ich hoffe, es schmeckt? … Danke … danke, das freut mich … Der Eisbecher ist eine der Spezialitäten unserer Küche … Sie werden sich schwertun, irgendwo über dem Atlantik einen besseren Nachtisch zu bekommen … Haha …

Das Schiff war vollkommen in Wolken oder Nebel eingeschlossen. Weißgraue Fetzen schälten sich aus der Dämmerung, trieben auf die Fenster zu und leckten über sie hinweg.

– Schade … Mit dem Wetter haben wir es nicht gut getroffen … So starken Nebel erlebt man in diesen Breiten nicht oft … Aber nun ja, was soll's … Wir lassen uns unsere gute Laune nicht verderben … Und morgen früh sieht alles wieder anders aus …

Neise drehte seinen Dessertlöffel in den Fingern und konnte sich nicht entschließen, ob er tun sollte, was er immer tat, wenn er sich unsicher fühlte: die Dinge gedankenlos durchlaufen lassen, gute Miene zu dem Spiel machen, das er nicht begriff.

– Darf ich Sie etwas fragen, Herr Kapitän?

– Aber sicher … Gern … natürlich …

– Seit ein paar Stunden haben wir dicken Nebel, eine richtige Suppe. Ich frage mich, wie die Berlin sich in einem solchen Wetter zurechtfindet.

– Aha … ich verstehe … Sie meinen …

– Bei so schlechter Sicht ist es doch wohl schwierig, das Schiff auf seinem richtigen Kurs zu halten. Natürlich verstehe ich davon gar nichts, bin ein völliger Laie …

Westarp richtete seine stahlgrauen Augen auf Neise, als habe er ihn bisher immer nur streifend, wie einen beliebigen Fahrgast unter Dutzenden angesehen und frage sich nun, ob dies ein Fehler gewesen sei. Seine Lippen verzogen sich zu einem kalten Lächeln, und um seine Mundwinkel spielte ein Zucken.

– Ich glaube, mein Herr, dass ich Ihre Besorgnisse zerstreuen kann. Alles ist in bester Ordnung, es gibt nicht den geringsten Grund zur Unruhe.

– Oh, ich bin auch gar nicht unruhig, Herr Kapitän, verstehen Sie mich bitte nicht falsch …

– Die Berlin ist das modernste Luftschiff, das weltweit im Einsatz ist. Sie befindet sich auf dem neuesten Stand der technischen Entwicklung, und es gibt schlechterdings kein Wetter, dem sie nicht gewachsen wäre.

– Ich fürchte, dass ich mich missverständlich ausgedrückt habe. Mit keinem Wort wollte ich andeuten, dass …

Die Schirmmütze wurde zwischen Rippen und Ellenbogen zusammengequetscht.

– Mein Herr. Die Berlin hat den Atlantik schon viele Dutzend Male überquert. Dabei ist es immer wieder vorgekommen, dass sie mit Wetterbedingungen zu tun hatte, die noch ungünstiger als die heutigen waren. Und trotzdem ist sie nie von ihrem Kurs abgewichen, auch nicht um einen Fingerbreit. Vertrauen Sie sich getrost der Schiffsführung an, die genau – sehr genau – weiß, was sie zu tun hat.

5

Beim Aufwachen fühlte sich Neise so zerschlagen, als sei er während des Schlafs nicht eine Minute zur Ruhe gekommen, habe sich in der Nacht mit einer schweren Arbeit abgeplagt, die ihm für den Tag keine Kräfte mehr übrig ließ. Seine Stirn war feucht und drückte. Der Hinterkopf tat ihm auf eine Art weh, wie er es noch nicht erlebt hatte: Es war ein Ziehen an den Haaren, schwach, aber quälend. Der Reisewecker, dessen Zeiger auf halb zehn standen, schwamm ihm vor den Augen, die wässerten. So vorsichtig und schonungsvoll, wie er konnte, hob er den Kopf aus dem Kissen – und ließ ihn gleich wieder fallen.

Vielleicht vertrug er die Meerluft nicht? Unsinn. Erstens war nicht klar, ob man in einigen Hundert Metern Höhe über dem Atlantik überhaupt noch von Meerluft sprechen konnte. Zweitens war er als Kind mit seinen Eltern Sommer für Sommer an die Ostsee gefahren und hatte sich nach Aussage seiner Mutter nirgends so wohlgefühlt, eine solche Menge Kinderspeck angesetzt wie dort … Oder machte ihm das Klima zu schaffen? War das Schiff bei seiner gestrigen Schlingerfahrt in extreme Zonen hineingeraten, womöglich in die Äquatorgegend? Er schloss die Augen und schüttelte mit großer Behutsamkeit den Kopf: Was für abstruse Gedanken! Es war nicht zu fassen! Die Strapazen der Nacht hatten ihm zugesetzt, sie waren seinem geistigen Zustand abträglicher gewesen, als es das Klima am Äquator je hätte sein können.

Dass ihm das Aufstehen gelang, wunderte ihn. Die drei Schritte zum Muschelbecken waren eine Geschicklichkeitsübung, die ihn so sehr anstrengte, dass er sich mit beiden Händen am Beckenrand festhalten und einige tiefe Atemzüge nehmen musste. Die Versuchung, auf das Ritual der Morgentoilette zu verzichten und sich als krank ins Bett zurückzuziehen, war groß – dennoch wusste er, dass er ihr nicht nachgeben würde. Das Ritual durfte nicht ausfallen, gerade heute nicht. Nur wenn er sich wie jeden Morgen Rasierschaum in sanft kreisenden Bewegungen auf die Wangen strich, konnte sein Zustand sich bessern. Nichts würde ihm mehr auf die Beine helfen, als sich die Haare mit seiner mittelweichen Bürste aus Rosshaar zu kämmen. Das Herrenwasser, das er sich langsam, mit nicht ganz zielsicheren Fingern, hinter die Ohren tupfte, war Medizin.

Er zog die Gardine beiseite, um einen Blick in den Himmel zu werfen. Weiß gleißender Nebel, den seine Augen nicht ertrugen, zog um das Schiff. Im Vorbeischweben tasteten einzelne Schwaden die Scheibe ab wie riesige Hände, näherten sich mit gespenstischer Zudringlichkeit seinem Gesicht.

Er spürte ein Ziehen im Magen, seine räumliche Orientierung geriet durcheinander, er wusste nicht mehr, in welcher Richtung das Schiff sich bewegte: von rechts nach links oder von links nach rechts? In dem weißen Brei dort draußen gab es kein Oben und kein Unten, kein Fern und kein Nah.

Das Summen der Motoren bewies zwar, dass die Berlin sich noch immer vorwärts bewegte, eine feste Richtung einhielt, doch andere Beweise gab es nicht mehr: Wäre er bloß nach dem Bild im Fensterausschnitt gegangen, hätte das Schiff ebenso rückwärts oder zur Seite oder nach oben fliegen können.

Im Speisesaal aß er Zwieback mit einem Hauch Butter und trank Kamillentee. Zwar war er nicht hungrig, fühlte sich im Gegenteil appetitlos bis an die Schwelle des Ekels, doch sagte ihm sein Ordnungssinn, dass es nicht angehe, im Speisesaal zu sitzen und nicht wenigstens eine symbolische Kleinigkeit zu sich zu nehmen.

Er winkte einen Kellner heran:

– Sagen Sie … Der Herr, der immer hier sitzt – Sie wissen schon …

– Generaldirektor Pohlschröder.

– Ja, richtig. Er scheint wohl … noch nicht da zu sein? Normalerweise ist er sehr pünktlich, kommt immer mit dem Schlag der Uhren herein.

– Der Herr Generaldirektor hat sein Frühstück bereits beendet.

– Ach?!

Neise zog die Taschenuhr hervor, die er soeben beim Ankleiden um die üblichen zwei Stunden zurückgestellt hatte.

– Das kann doch gar nicht sein! Es ist doch erst kurz nach acht ... Ja – sieben nach acht.

Der Kellner schüttelte respektvoll den Kopf:

– Es ist bereits kurz nach zehn. Die Uhren wurden heute, anders als an den vergangenen Tagen, nicht zurückgestellt.

– Ach?!

Neise sah dem Kellner nach, und noch während er die Lippen zurückzog und die Zungenspitze vorstreckte, begann er zu verstehen. Da die Berlin gestern Nachmittag eine Zeit lang nach Süden und nicht, wie sie gesollt hätte, nach Westen geflogen war, später im Nebel vielleicht sogar einen Abstecher nach Norden oder Osten gemacht hatte – konnten die Uhren heute nicht um zwei Stunden zurückgestellt werden. Wäre sein Kopf in besserem Zustand gewesen, hätte er dieses Rätsel, das zur leichtesten Kategorie gehörte, keineswegs dem Niveau der ›Berliner Zeitung‹ entsprach, sogleich gelöst; wahrscheinlich hätte er den Kellner gar nicht erst nach Pohlschröder gefragt und schon in der Kabine seine Uhr nicht zurückgedreht.

Er aß den Zwieback, der wie alles, was er seit gestern Abend zu sich nahm, nach nichts oder Pappe schmeckte, und versuchte vergebens, mit seinem Kopf etwas anzufangen. Die heilsame Wirkung, die das Ritual der Morgentoilette ausgeübt hatte, ließ nach – von Anfang an war sie ja nicht sehr groß gewesen, hatte sich auf dem Weg von der Kabine zum Speisesaal weiter abgeschwächt, und nun spürte er fast nichts mehr von ihr. Seine Kopfschmerzen hielten an, ebenso das lästige Wässern und Jucken der Augen, und neuerdings kam auch noch ein Druck auf den Ohren hinzu. Unter solchen Bedingungen war es besser, das Nachdenken einzustellen, um sich die kurze Zeit, die bis zur Landung noch blieb, nicht vollends zu verderben.

Nach dem Frühstück packte er seinen Koffer. Die schöne und sinnreiche Ordnung, die er in der Kabine geschaffen hatte, schon nach so kurzer Zeit wieder aufzulösen, fiel ihm schwer. Er hatte sich an sie gewöhnt, und von einer Gewohnheit Abschied zu nehmen, gehörte zu den Dingen, die ihn seelische Überwindung kosteten, bei denen er einen Hauch von Schwermut spürte. Gewiss, in drei Wochen, wenn er nach Deutschland zurückreiste, würde er von Neuem hier oben einziehen und konnte dann, wenn nicht in dieser, so in einer sehr ähnlichen Kabine, die Ordnung, die er jetzt beseitigen musste, in aller Ruhe wiederherstellen. Das besaß etwas Tröstliches. Gut war auch, dass er seinen Koffer nach einem genau festgelegten, auf allen Reisen immer gleichen System packte: Indem er die eine Ordnung zunichtemachte, baute er eine andere wieder auf.

Als er den Deckel des Koffers zudrückte, fühlte er sich so erschöpft, mit seinen Kräften am Ende, wie nicht einmal beim morgendlichen Erwachen. Er legte sich auf die Couch, um eine Weile zu verschnaufen – allerdings ohne die Augen zu schließen, denn das wäre gefährlich gewesen: Müde wie er war, hätte er einschlafen und die Ankunft verpassen können. Es war bereits elf Uhr oder sogar noch später; in einer Stunde würde die Berlin landen. Er kroch unter die Tagesdecke, bettete den Kopf vorsichtig, wie etwas Hochempfindliches, das schon bei der leichtesten Erschütterung zerbrechen konnte, auf die Handflächen und schlief ein.

Als er aufwachte, war es Viertel nach vier. Er raffte sich in die Höhe, ging mit schwankenden Schritten zum Fenster, zog die Gardine beiseite – die Berlin flog noch immer. Nebel machte sich an der Scheibe zu schaffen wie seit dem Morgen. Über dem Schiff schimmerte, hinter Schleiern verborgen, ein milchiger Fleck, der die Sonne sein mochte; Regentropfen hafteten auf dem Glas und hielten dem zerrenden Fahrtwind stand.

Er setzte sich auf die Couch zurück, massierte seinen Arm, der seltsamerweise während des Schlafens unter seinen Körper geraten war und schmerzte. Dann schüttelte er seine Beine aus, die sich doppelt so schwer wie sonst anfühlten – er musste, um sie zu schütteln, beide Hände zu Hilfe nehmen. Der erste Gedanke, den er bilden und festhalten konnte, war der an sein Äußeres. Ächzend ging er zum Spiegel und brachte mit einem Taschenkamm (die Kulturtasche war bereits im Koffer verstaut) seine Frisur in Ordnung.

Die Fahrgäste im Roten Salon pflegten ihre Nachmittagsstimmung. Mit übereinandergeschlagenen Beinen saß Doktor Großmenges auf der Galerie, sprach gemütlich und in rheinländischem Ton auf einen Sesselnachbarn ein, der ihm mit nicht allzu großer Aufmerksamkeit zuhörte. Das kleinbürgerliche Paar spielte Mensch-ärgere-dich-nicht; der Mann hatte eine Glückssträhne, würfelte mehrmals hintereinander eine Sechs und freute sich so sehr, dass er mit lautem Klatschen auf seine Schenkel schlug. Die Frau des Berliners lutschte unter gelegentlichem Glucksen am Nagel ihres kleinen Fingers, der eingerissen war, und trank Tee, mit dessen Temperatur sie, für diesmal, zufrieden schien. Pohlschröder war, wie jeden Nachmittag, nicht zu sehen, denn er arbeitete in der Kabine.

Neise fragte einen Kellner (es war der große Junge, der sich vom Vater ein Jackett geliehen hatte):

– Können Sie mir bitte sagen, wann wir ankommen? Ich nehme zwar an, es hat schon eine Durchsage dazu gegeben, aber ich war in der Kabine und habe nichts gehört.

Der Kind-Kellner machte ein lächelnd bemühtes Gesicht, um zu zeigen, dass er Neises Frage zwar gern beantworten wolle, leider aber nicht ganz verstanden habe, worum es bei ihr eigentlich gehe.

– Eine Durchsage? Was für eine Durchsage meinen Sie?

– Nun, um zwölf hätten wir ankommen sollen, und jetzt ist es schon halb fünf. Denken Sie nicht, dass das Grund für eine Durchsage ist?

– Ah. Jetzt weiß ich, was Sie meinen. Nein, es tut mir leid, eine solche Durchsage hat es nicht gegeben.

Neise nickte vor sich hin und wusste nicht, warum er nickte – hätte er nicht eher den Kopf schütteln oder wenigstens ein gleichgültiges, die Dinge im Unklaren lassendes Lächeln aufsetzen sollen? Die Antwort des Kellners ärgerte ihn, schien ihm eine Dummheit, am liebsten hätte er sich mit einer mokanten Bemerkung über sie lustig gemacht – doch zugleich war ihm klar, dass er, auf einer der weniger wachen Stufen seines Bewusstseins, gerade diese Antwort erwartet hatte.

– Würden Sie mir bitte erklären, Herr Ober, warum es keine Durchsage gegeben hat? Bei einer so großen Verspätung kann man das doch wohl erwarten. Lassen Sie mich einmal nachrechnen. Wir sind jetzt schon viereinhalb Stunden über die Zeit – ja, so ist es: geschlagene viereinhalb Stunden!

Der Kellner lächelte dienstbeflissen und schwieg.

– Versetzen Sie sich doch einmal in die Lage der Passagiere. Es gibt ein paar Dinge, über die wir gerne aufgeklärt werden möchten: zum Beispiel, um wie viel Uhr das Schiff ankommt, oder ab wann wir die Koffer bereithalten sollen.

Die Schultern des Kellners regten sich unbehaglich in der Weite des Jacketts.

– Was diese Dinge angeht, brauchen Sie sich keine Gedanken zu machen. Die Schiffsleitung wird den Passagieren rechtzeitig vor der Landung … alle nötigen Hinweise geben.

– Rechtzeitig vor der Landung? Das klingt so, als werde das Schiff noch längere Zeit unterwegs sein?

– Ich bitte um Nachsicht, dazu kann ich Ihnen leider keine Auskunft erteilen.

Wie jeden Nachmittag um halb fünf traten durch einen Seiteneingang die Musiker herein, erstiegen auf leisen Sohlen, mit würdiger Unauffälligkeit und doch wegen ihrer roten Künstlerkleidung ins Auge fallend, die Empore und begannen, ihre Instrumente auszupacken.

Eckstedt hatte den Krawattenknoten gelockert und die zwei oberen Knöpfe seines Hemdes geöffnet. Mit wunschloser Zufriedenheit schmiegte er sich in die Tiefe des Sessels, in der sein Körper nahezu verschwand und aus der er lediglich eine Weinflasche hervorragen ließ: Mit kennerhaftem Griff hielt er sie ins Licht und blickte auf das Etikett, versonnen lächelnd und zugleich konzentriert, wie man ein Gemälde betrachtet oder ein Gedicht liest.

Neise sagte mit gedämpfter, fast bis zum Flüstern gesenkter Stimme, um ihn in seiner Selbstverlorenheit nicht zu erschrecken:

– Herr Eckstedt? Hoffentlich störe ich nicht. Ich sehe, Sie sind beschäftigt …

Wie aus einem leichten Schlaf erwachend: Oh ja … Ich bin beschäftigt, aber … nein, Sie stören nicht … Ein prachtvoller Wein, den ich hier habe, Sie müssen ihn probieren, ein Chambolle de Musigny 1913, vorzüglich … Überhaupt ist der Dreizehner ein glänzender Jahrgang, hat viele exzellente Tropfen hervorgebracht, der Chambolle gehört nicht einmal zur Spitze … Und dabei war der Sommer '13 vom Wetter keineswegs begünstigt, eine Katastrophe geradezu! Der April brachte viel Nässe, dazu einige empfindliche Nachtfröste. Der Mai war kaum besser: Anfangs freundlich, dann nur noch kühl und feucht. Eine veritable Hitzeperiode folgte, Hundstage von Juni bis August, keine Spur von Regen! Allenfalls der September war ordentlich, bescherte mittlere Wärme, zwei ruhige Reifewochen … Und dann geschah die Sensation: Was im Oktober aus den Weinbergen geholt wurde, war unerhört! Die Kenner hielten den Atem an! Seit dem 1907er hatte es keinen solchen Prachtwein mehr gegeben, manche meinten sogar: seit dem 1893er!

Er spitzte die Lippen und nahm einen winzigen Kennerschluck, der nur eben die Zunge und den Gaumen befeuchtete und mit gewöhnlichem Trinken – der animalischen Aufnahme von Flüssigkeit durch den Mund, wie sie auf niederen Kulturstufen vorkommt – nichts gemein hatte.

– Ich werde den Chambolle bei Gelegenheit gern probieren, Herr Eckstedt, das verspreche ich Ihnen. Auf dieser Reise allerdings werde ich wohl kaum noch dazu kommen. Sie hätten ihn mir früher empfehlen sollen!

– Was meinen Sie? Ich verstehe nicht …

– Wir haben schon halb sechs. Es kann nicht mehr lange dauern, bis die Berlin landet.

– Äh!

Eckstedt machte ein angeekeltes Gesicht, als habe ihm Neise beim Sprechen in den Chambolle gespuckt.

– Ich bitte Sie, sagen Sie nicht: Die Berlin wird bald landen! Verzeihung, aber in diesem Punkt bin ich empfindlich. Wenn es schon sein muss, dass wir irgendwann ankommen, ist es doch nicht nötig, auch noch darüber zu sprechen.

Neise legte ihm die Hand auf den Unterarm wie einem Kranken, für den Aufregung gefährlich ist.

– Es tut mir leid. Wenn ich gewusst hätte, wie unangenehm Ihnen dieses Thema ist, hätte ich es nicht angeschnitten.

Eckstedt setzte das Glas an und nahm einen Schluck, der nicht bloß leicht seine Zunge und seinen Gaumen befeuchtete.

– Schon gut … Ich will Ihnen eine Geschichte erzählen. Vor einigen Jahren flog ich in der Dresden über Deutschland. Ein komfortables Schiff – damals das Beste, was es gab. Vor den Fenstern war es Winter: Die Erde unter einer weißen Kruste, Felder und Wälder tief verschneit, auf den zugefrorenen Flüssen Spaziergänger und Schlittschuhläufer. Ich saß im wohlgeheizten Lesesalon und trank eine ausgezeichnete Flasche 1899er Château Chassagne. Sagen Sie: Hatte die Welt dort draußen etwas mit mir zu tun?!

– Nein. Hatte sie nicht.

– Richtig! Eine Woche später erreichten wir Rio de Janeiro. Jetzt war die Erde grün und braun, und vor den Fenstern flirrte die Luft. Ich saß im wohlgekühlten Rauchkabinett und rauchte eine ›Herrero Gran Partitas‹. Ging mich das Bild vor den Fenstern jetzt etwas an?

– Nein.

– Eben! Ich war Tag und Nacht durch die Luft geflogen und hatte mich doch um keinen Zentimeter von der Stelle bewegt. Ich hatte halb Europa und halb Amerika überflogen und war doch am selben Ort geblieben: in der Dresden. Die weiteste Strecke, die ich zurückgelegt hatte, war die von meiner Kabine bis zum Speisesaal.

Im Lesesalon herrschte von morgens bis abends eine gepflegte Stille. An der Tür war ein Schild angebracht, das die Eintretenden zum »Silentium« aufforderte, doch dessen bedurfte es nicht, denn die wohlerzogenen Passagiere wussten, wie sie sich in einer Bibliothek zu verhalten hatten, und die wenigen unter ihnen, die es allenfalls nicht wussten, kamen nicht hierher. Zwölf Zeitungen hingen, an Stöcken befestigt und in Reih und Glied, an einem Holzgestell. Ein großes Regal versammelte Bücher vieler Gebiete und aller Niveaus; die meisten waren zu umfangreich, als dass man sie auf einer Reise, die nur drei Tage dauerte, hätte auslesen können. Zehn Ledersessel verteilten sich über den Raum und hielten weiten Abstand voneinander. Verglichen mit der an Bord sonst üblichen Gedrängtheit hatte ihre Anordnung etwas verschwenderisch Großzügiges: Es schien, als wollten die Sessel nichts miteinander zu tun haben und seien für Leute gemacht, die nichts miteinander zu tun haben wollten. Die Ohren an den Rückenlehnen beschnitten das Sichtfeld zu den Seiten hin und hatten die Wirkung von spanischen Wänden – wer sein Buch aufschlug und den Kopf zurücklehnte, brach alle Brücken zum Bordleben ab.

Auf einem Sekretär lagen Schreibutensilien aus, vor allem Briefpapier mit dem Schriftzug »Berlin«, lindgrün und stilvoll, sowie eine Auswahl an Postkarten mit kolorierten Luftschiffmotiven. Es kam nur selten vor, dass sich jemand so viel Zeit nahm, wie nötig gewesen wäre, um einen Brief zu schreiben. Die Postkarten dagegen waren beliebter: Die Fotografien verschollener Zeppeline der Frühzeit, deren Formen von rührender Unbeholfenheit waren und die nicht aussahen, als hätten sie auch nur eine halbe Meile weit fliegen können, ohne in Komplikationen zu geraten, fanden bei den Gästen Anklang. »Grüße aus dem Himmel« oder »Grüße aus der fliegenden Zigarre« zu verschicken, wurde als originell empfunden. Wer seine Karte geschrieben hatte, übergab sie einem Steward, der sie mit einer Luftschiff-Briefmarke und einem Luftschiff-Poststempel versah und bis zum Ende der Reise in dienstliche Verwahrung nahm.

Der Herr Gesandte las Zeitung. Die Beine souverän übereinandergeschlagen, den Kopf distinguiert zurückgeneigt, hielt er ein französisches Blatt zwischen den feingliedrigen Fingern. In seinen Augen unter den Silber-Brauen blitzte überlegene Intelligenz: Er entnahm der Zeitung mehr, als gewöhnliche Leser es vermochten, und konnte dank seines geheimen Wissens, das allein ihm und seinesgleichen vorbehalten war, noch die unscheinbarsten Meldungen in die bedeutungsvollsten Zusammenhänge rücken. Die Zeitung erfuhr in seinen Händen eine Verwandlung, wurde auf eine höhere Stufe gehoben: Selbst das Knistern, das er beim Umschlagen der Seiten erzeugte, wirkte vornehm und schien aus einer bevorzugten Sphäre herüberzuklingen.

Die trauernden Damen waren Stammgäste der Bibliothek. Sie lasen in mitgebrachten Büchern, die zweifellos einen ernsten und besinnlichen, wenn nicht gar traurigen Inhalt hatten, und legten von Zeit zu Zeit mit einem erloschenen Ausdruck die Köpfe zurück, um Blicke aus den Fenstern in den Nebel zu werfen. Zu jeder beliebigen Zeit des Tages waren sie hier anzutreffen, schienen es nirgendwo sonst aushalten zu können. Im Roten Salon mit seiner Vierundzwanzig-Stunden-Bar und den musikalischen Süßwaren mussten sie sich fehl am Platz fühlen, hätten mit ihren schwarzen Kleidern und gramvollen Gesichtern spielverderberisch gewirkt. Das Rauchkabinett war ein Ort, an dem sich Damen, die den gehobenen Schichten angehörten, nicht zeigen durften. Und die Kabinen waren so still und beengend, dass sie zur Depression einluden und selbst den dreien zu viel werden mochten.

Neben Neise saß ein greisenhafter Mann. Seine Haare sahen so brüchig und fadenscheinig aus, als müssten sie bereits bei leichtem Ziehen oder auch nur Kämmen ausreißen. Seine Hände zitterten, wenn er nicht die Oberschenkel mit ihnen umklammert hielt, was er meistens tat, eben damit sie nicht zitterten.

Neise beugte sich über die Sessellehne und sagte im Flüsterton: Entschuldigen Sie, dürfte ich Ihnen eine Frage stellen?

Langsam und mit bemerkbarem Schwanken lehnte der Angesprochene sich vor und ließ seinen Kopf hinter dem Sesselohr erscheinen; er bewegte seinen Körper wie eine schwere Last, die sich nicht einfach so, mit einer mühelosen Bewegung, bloß weil jemand »Dürfte ich Ihnen eine Frage stellen?« sagte, verschieben ließ.

– Verzeihen Sie, ich … habe nicht verstanden?

– Ich möchte Sie etwas fragen. Das Schiff hat sechseinhalb Stunden Verspätung. Können Sie mir sagen, was es damit auf sich hat?

– Ach …

Er ließ seinen Oberkörper gegen das lederne Polster zurücksinken, entweder weil seine Kräfte nicht ausreichten, um sich länger als für ein paar Sekunden in aufrechter Position zu halten, oder weil ihm Neises Frage zu unbedeutend schien, um ihretwegen Strapazen auf sich zu nehmen.

Hinter dem Ohr hervor:

– Draudt ist mein Name … Das Schiff hat Verspätung … Ja, und gar nicht einmal wenig, das habe ich auch schon bemerkt … Warum interessieren Sie sich dafür?

– Nun, ich bitte Sie. Das ist doch selbstverständlich, oder nicht? Ich möchte natürlich wissen, wann wir ankommen, wohin wir fliegen … Das will doch jeder wissen.

– Ich nicht.

Er sprach langsam, mit angerauter und beschädigter Stimme, die einen schwebenden Klang hatte und über ein Flüstern oder Hauchen nicht hinausgelangte. Mit ihr die Leseruhe zu stören, war unmöglich.

– Ich würde Ihnen auf Ihre Frage gern eine klare Antwort geben, doch leider weiß ich nicht, wie ich das tun soll … Sie fragen, wann wir ankommen? Nun, das ist noch einfach zu beantworten: Es hängt davon ab, wohin wir fliegen. Und wohin fliegen wir? Auch das ist keine schwierige Frage: Es hängt davon ab, welches Ziel wir haben. Und welches Ziel haben wir? Aha, sehen Sie, hier beginnen die Schwierigkeiten …

Mit einer schleppenden Bewegung, die er kaum zu bemerken schien, lenkte Draudt sein halb volles Weinglas von einem Beistelltischchen über die Armlehne an seine Lippen. In einem einzigen langen, gleichmäßigen Zug trank er es aus und hielt es dann noch eine Weile gegen den Mund gedrückt, als habe er es dort vergessen.

– Die Menschen verbringen den bewussten Teil ihres Lebens, aber was wissen wir schon von dem unbewussten, mit nichts anderem, als Zielen nachzulaufen, die es nicht gibt. Und wenn sich hin und wieder herausstellt, dass es sie doch gibt, kann man sicher sein, dass sie nichts wert sind. Jedenfalls habe ich noch nie von einem Ziel gehört, das etwas wert gewesen wäre. Ziele, die es nicht gibt, und Ziele, die nichts wert sind: Das ist die Alternative.

Am Ohr vorbei fixierte er seine Hand auf der Armlehne. Die wächserne Haut war mit Altersflecken bespritzt und spannte sich über einer wirren Ansammlung von Sehnen und Adern. Sie hatte etwas schmerzhaft Schlaffes, von dem sie sich wohl nicht mehr erholen würde, schien nur noch in verringertem Maß lebendig, nicht mehr als ein paar Schritte, die leicht zu tun sein würden und zu denen sie bereit war, von offener Verwesung entfernt.

– Ich kenne kein Ziel oder sagen wir … keine Wahrheit, die nicht früher oder später zu Bruch gegangen wäre. Sicher, einigen muss man zugutehalten, dass sie widerstandsfähig sind, tapfer gegen Wind und Wetter durchhalten;

manche bringen es sogar auf zweitausend Jahre, erwecken noch im biblischen Alter einen rüstigen Eindruck. Doch irgendwann geht es auch mit ihnen zu Ende: Erste Risse klaffen, erste Bröckchen fallen, und plötzlich liegt die ganze Wahrheit in Stücken auf dem Boden. Was man für unzerbrechlich gehalten hat, ist es dann doch nicht gewesen. Jetzt dämmert einem, dass sie wohl schon immer verkorkst gewesen ist, seit dem Augenblick ihrer Entstehung mit Absterben beschäftigt. Wie sie es vermocht hat, vor dem Publikum ihren üblen Zustand geheim zu halten, kann man nun nicht mehr begreifen. Dass es überhaupt jemanden gab, den sie hat beeindrucken können, dass sie sich so lange über Wasser gehalten, noch in moribunder Verfassung ein reges und anerkanntes Dasein geführt hat – das ist die einzige Leistung, die man ihr nicht absprechen kann, für die man ihr geradezu Respekt zollen muss.

Beim Abendessen zeigte sich Pohlschröder verändert. Obwohl er so diszipliniert und übergerade wie immer auf seinem Stuhl saß, mit der Präzision eines Automaten seine Schildkrötensuppe löffelte und im Gespräch mit Neise in bewährter Manier den Überlegenen gab, der nie um einen Sinnspruch verlegen ist – schien er doch angeschlagen. Um seinen Mund malte sich ein unzufriedener und nervöser Zug, und die Falten in seiner Stirn gruben sich tiefer ein, bildeten ein System von Rinnen, durch die Schweiß hätte abfließen können.

Als der Telegrammbote erschien, sah er kaum von der Suppe auf, skizzierte nur mit den Lippen den Anfang einer

Grimasse, in der Gereiztheit lag, der Unmut der Überforderung. Den Stapel, der ausgerechnet heute besonders hoch war (fünfundzwanzig bis dreißig Telegramme, schätzte Neise, der inzwischen ein geübtes Auge besaß), streifte er lediglich mit einem matten Blick.

– Das ist schon das siebte oder achte Mal heute, dass dieser aufgeblasene Junge mich belästigt. Nie und nirgends bin ich vor ihm sicher. Vielleicht ist es Ihnen schon aufgefallen: Während der Mahlzeiten habe ich öfter meinen Füllfederhalter in der Hand als Messer und Gabel.

Er fasste sich an den Kragen und schob ihn hin und her – diesmal jedoch nicht, um ihn fester anzupressen, sondern um ihn zu lockern.

– Schon ehe die Reise auch nur begonnen hatte, bei der Passkontrolle in Tempelhof, wollte mir ein Angestellter der Fluglinie die ersten Telegramme überreichen. Ich fürchte, ich habe ihn ziemlich barsch abgefertigt. Der nächste Haufen lag dann, wie um mich für diese Übertretung zu bestrafen, in meiner Kabine auf dem Tisch – säuberlich zurechtgelegt und fünfzehn Zentimeter hoch.

Neise rührte in seiner Schildkrötensuppe. Etwas von ihr zu essen, wagte er nicht, nicht einmal eine Löffelspitze, so schlecht fühlte er sich im Magen, und nicht nur dort. Auch sein Mineralwasser rührte er nicht an, es flößte ihm gemischte Gefühle ein, darunter heftigen Widerwillen.

– Trösten Sie sich, Herr Pohlschröder. Die Reise geht ja bald zu Ende. Mit den Telegrammen bei Tisch und anderswo ist es dann vorbei. Wenn ich richtig gerechnet habe, sind wir schon siebeneinhalb Stunden über die Zeit.

Pohlschröder hielt den Kopf über den Teller gesenkt und warf Neise, schräg unter den Lidern hervor, einen Blick zu.

– Ich verstehe, was Sie andeuten wollen, fürchte jedoch, Ihnen nicht helfen zu können. Warum wir Verspätung haben, wohin die Berlin fliegt und was es sonst noch an Fragen geben mag – bedaure. Meine Zeit ist so knapp bemessen, dass ich mich nicht damit beschäftigen kann.

Er legte den Löffel neben den Teller und tupfte mit der Serviette seinen Mund ab. Neise wusste, dass nun eine längere Ausführung bevorstand, und lehnte sich mit einem tiefen Atemzug im Stuhl zurück.

– Sehen Sie sich diesen Stapel hier an. Von den verschiedensten Punkten der Erde aus werden mir laufend Telegramme zugesandt. Ich habe es vielleicht schon gesagt: Mein Unternehmen besitzt Niederlassungen in elf Staaten auf drei Kontinenten. In jedem Stapel ist mindestens ein Telegramm enthalten, das mich aus diesem oder jenem Grund in dieses oder jenes Land ruft. Allein am heutigen Nachmittag gab es zwei Rufe nach Deutschland, drei nach Italien sowie einen nach Venezuela. Stellen Sie sich vor, ich nähme alle diese Rufe ernst: Müsste ich dann nicht geradezu in Verzweiflung geraten, wenn das Schiff das täte, was es soll, nach Amerika fliegen?

– Da haben Sie wohl recht.

– Von morgens bis abends findet ein Wettstreit um meine Gegenwart statt. Die meisten Telegramme kann ich ohne Weiteres beiseitelegen, denn sie tragen den Stempel des Unsinnigen auf der Stirn. Andere dagegen gibt es, die ich genauer ansehen muss, die meine volle Aufmerksamkeit verdienen: Sie warten mit einer großen Zahl von Argumenten auf, legen in bestechender Weise dar, dass hier oder dort mein sofortiges Erscheinen erforderlich ist; manche sind wie kleine Abhandlungen, man merkt ihnen an, dass ihre Verfasser wissen, mit welcher Härte der Kampf um meine Person geführt wird ... Jeden Tag müsste ich einen großen Teil meiner Zeit darauf verwenden, zwischen zehn und noch mehr Zielen abzuwägen. Es liegt auf der Hand, dass ich mir dies keinesfalls leisten könnte: Die Zahl der Gesichtspunkte, die ich durchdenken müsste, um mir auch nur halbwegs Klarheit zu verschaffen, wäre ungeheuer groß. Überdies müsste ich in manchen Punkten Nachfragen stellen, weitere Auskünfte einholen, und dies wäre erst recht eine Absurdität: Die Antworten würden nicht schnell genug bei mir eingehen, erst in einem halben oder ganzen Tag, und bis dahin hätten sich längst neue Telegramme eingestellt, neue Rufe an neue Orte wären laut geworden, hätten alles bisherige Nachdenken und Abwägen zunichtegemacht.

6

Neise erwachte in vollkommener Dunkelheit. Alles um ihn her war unsichtbar, zeichnete sich nicht einmal als Schatten oder Umriss ab, selbst das Nächste nicht: die Bettdecke, die sich über sein Kinn geschoben hatte, die vor seinen Augen umherfahrende Hand. Die Finsternis war so makellos, dass sie einen unwirklichen Zug besaß, er mochte nicht an sie glauben und suchte rechts und links nach Aufhellungen, kleinen Unsauberkeiten im Schwarzen, die es doch geben musste, aber wo?

Trotz aller Proteste seines Verstandes schien es ihm, als sei die Finsternis gerade deshalb so dicht, weil es in der Kabine so still war. Nichts war zu hören, auch nicht das abgedämpfteste Geräusch – keine Stimmen oder Schritte vom Gang her, nicht das Insektensummen der Motoren, nicht der Wind vor den Fenstern. Die Stille steigerte auf unbegreifbare Weise die Finsternis: Mehr noch als im Dunkeln verbarg die Kabine sich in der Lautlosigkeit.

Die Lampe neben dem Bett leuchtete scharf auf. Hastig legte er die Hände vors Gesicht und schloss zusätzlich die

Augen. Seine Handflächen schwitzten, obwohl die Kabine nicht geheizt, sogar ein wenig kühl war. Blinzelnd sah er zwischen den Fingern hindurch: Der Reisewecker, der eben nicht einmal ein Schatten gewesen war, blendete jetzt so stark, als glühe er. Es dauerte eine Weile, bis er sich an seine drastische Sichtbarkeit gewöhnt hatte. Die Zeiger standen auf Viertel nach drei, doch was besagte das in diesem Drunter und Drüber: Ebenso hätten sie jede andere Zeit anzeigen können.

Der Koffer lag aufgeklappt auf dem Boden. Er erinnerte sich, dass er ihn vor dem Zubettgehen hatte öffnen müssen, um seinen Schlafanzug und die Kulturtasche herauszunehmen. Dabei war die Kofferordnung durcheinandergeraten – nicht sehr zwar, doch immerhin ein wenig, worüber er sich geärgert hatte. Morgen früh, beim Ankleiden, würde er einige weitere Dinge heraussuchen müssen, auch dies und jenes, was zuunterst lag, an nicht leicht zugänglichen Stellen – womit die Ordnung vollends ruiniert sein würde. Er starrte den Koffer im Halblicht an und schüttelte den Kopf: Gab es auf diesem Schiff denn gar nichts mehr, das sich in ordentlichem Zustand befand?

Beim Aufstehen zitterten seine Beine. In kleinen Schritten – die Hand erst auf der Nachtkonsole, dann auf der Stuhllehne, dann am Rand des Waschbeckens – erreichte er das Fenster. Der Nebel hatte sich gelöst, der Himmel war so durchsichtig wie Glas, nirgendwo zeigte sich eine Wolke oder trübe Stelle. Anders als am ersten Abend lag der Mond in weiter Entfernung, so wie man es von ihm gewöhnt war. Sterne über Sterne drängten sich im Schwarzen – selbst dem nächtlichen Paris wäre es nicht leichtgefallen, mit dieser flirrenden Fülle zu wetteifern.

Er hatte für den Nachthimmel noch nie viel übrig gehabt, kannte nur die gängigsten Sternbilder, oder nicht einmal sie. Keines von ihnen war jetzt zu sehen. Allenfalls glaubte er, ein Stück des Großen Wagens zu erkennen, war sich jedoch nicht sicher. Als seine Augen sich eingesehen hatten, bemerkte er eine Sternfigur, die etwas Besonderes war. Sie schimmerte so stark, stand so klar und abgesetzt von den übrigen, dass sie bekannt sein, einen Namen haben musste – und doch wusste er, dass er sie noch nie gesehen hatte. Lange blickte er zu ihr hinauf, zählte die Sterne nach, aus denen sie zusammengesetzt war, und kam auf sieben. Hatte er den Himmel der südlichen Halbkugel vor sich?

Der Flur vor den Kabinen war unheimlich. Die Deckenlampen, die während der Nachtstunden herabgedreht wurden, verbreiteten ein schwächliches Licht, das nicht heller leuchtete als ein paar Teefunzeln, die bald verflackern würden. Die Stille war auch hier vollkommen. Beim Gehen trat er fest mit dem Fuß auf, ließ die Sohlen über den Boden schleifen, um sich gegen die bedrängende Lautlosigkeit zu wehren. Warum hörte er die Motoren nicht? Immerhin gab es sechs Stück von ihnen, und jeder war ein kleines Kraftwerk für sich – Motoren dieser Art machten einen tobenden Lärm, der nicht einfach verschwinden konnte. War es möglich, dass sie in der Nacht gedrosselt wurden, noch diskreter summten als am Tage? Oder wurden sie sogar ausgeschaltet, und die Berlin trieb vor sich hin?

Die Tür zum Roten Salon stand geöffnet. Eine Handvoll erschöpfter und schlafbedürftiger Gäste, nicht mehr als fünf oder sechs, hielten noch aus, saßen in kraftloser Haltung, teils ohne Jacketts und mit gelockerten Krawatten, auf der Galerie und an den Spieltischen. Zwei Putzfrauen in gestreiften Kitteln waren damit beschäftigt, die Spuren des Tages zu beseitigen: Die schwungvollen und unaufhaltsamen Bewegungen, mit denen sie über die Tische wischten, gewannen in der erloschenen Atmosphäre eine ironische Note. Der Gesandte saß unter Palmen und blätterte, ein wenig erschöpft zwar, aber noch immer mit distinguiertem Blick, den Schnurrbart zwischen den Fingerspitzen zwirbelnd, in einer englischen Zeitung. Draudt lehnte an der Theke und redete mit seiner hauchenden Stimme auf den Barkellner ein, der ihm schweigend, mit gleichgültiger Aufmerksamkeit zuhörte und Gläser polierte.

Nicht weit vom Roten Salon befand sich eine Tür mit der Aufschrift »Zutritt verboten«, von der Neise wusste, dass sie zum Mannschaftstrakt führte. Woher er es wusste, war ihm nicht klar, doch was gab es schon, das ihm klar gewesen wäre? Hinter der Tür lag ein Gang. Lang und schmal bohrte er sich in den Bauch des Schiffes, wie ein Stollen in die Tiefe eines Berges. Alle zehn oder fünfzehn Schritte glomm eine Lampe unter der Decke, winzig und trüb, nicht mehr als ein Lichtpunkt – Lampen, die noch schwächer waren und gegen die Dunkelheit noch weniger ausrichteten, konnte es nicht geben. Der Fußboden, den Neise nicht sah, schien aus Metallgitter zu bestehen und vibrierte unter seinen Sohlen. Die Wände aus grober Zeltbahn, über die er mit den Händen streifte, um im Finstern Halt zu finden, scheuerten ihm an den Fingerspitzen.

Nach einer Weile wurden Türen in den Wänden sichtbar. Sie bildeten eine lange Flucht wie die Lichtpunkte und lagen dicht nebeneinander – so dicht, dass die Räume, zu denen sie führten, nur wenig breiter sein konnten als die Türen selbst. Aus den Wänden drangen Geräusche, vor denen sich Neise gern die Ohren zugehalten hätte: verschiedene Arten von Schnarchen; helles Glucksen und Plätschern, wie es beim Waschen über einer Schüssel entsteht; ein angestrengtes Kratzen, für das er keine Erklärung besaß und das eher an Tiere als an Menschen denken ließ.

Auf den Türen klebten Namensschilder. Es waren bloße Zettel oder Notizblätter, in unterschiedlichem Grade schmutzig, mit der Hand beschriftet von Leuten, für die Schreiben eine seltene, mit Schwierigkeiten verbundene Betätigung war. Auf ein Stück Karton, das zwischen den anderen wegen seiner Reinlichkeit auffiel, stand in akkuraten, wie hingemalten Buchstaben »Diehl«. Neise blieb stehen und lauschte. Gerade hier war nichts zu hören, soweit sich überhaupt unterscheiden ließ, hinter welcher Tür ein Geräusch seinen Ausgang nahm. Er klopfte an – gerade so laut, dass der Steward, wenn er noch wach sein sollte, es hören musste, dagegen im Schlaf nicht gestört werden konnte. Noch in das Klopfen öffnete sich die Tür.

– Guten Abend, Herr Oberregierungsrat.

– Bitte entschuldigen Sie. Es ist sehr unhöflich von mir, um diese vorgerückte Stunde bei Ihnen anzuklopfen.

– Oh. Keine Ursache.

– Ich mache einen Spaziergang durchs Schiff, und im Vorbeigehen las ich Ihren Namen. Sie haben, hoffe ich, noch nicht geschlafen?

– Nein, keineswegs. Ich bin, wie Sie sehen, noch angezogen.

Die Uniformjacke mit den goldenen Knöpfen war ordnungsgemäß geschlossen, die Hose mit dem goldenen Streifen ordnungsgemäß gebügelt, die Krawatte mit der goldenen Nadel ordnungsgemäß geknüpft. Nur die Mütze hatte der Steward abgesetzt – wahrscheinlich, weil er es sich, allein in seiner Behausung und weit nach Mitternacht, ein wenig bequem machen wollte. Seine Haare waren nachlässig gekämmt und glänzten talgig, er schien sie mit einem Mangel an Sorgfalt zu behandeln, den er sich in anderen Dingen nicht leistete. Neise begriff, dass diese Haare dazu bestimmt waren, dauerhaft unter einer Uniformmütze zu verschwinden; im Laufe vieler Dienstjahre war die muffige Dunkelheit zu ihrem natürlichen Lebensraum geworden; wenn sie ausnahmsweise sichtbar wurden, ähnelten sie lichtscheuen Tieren, die unter einem beiseite gewälzten Stein hervorkommen.

– Darf ich Sie bitten hereinzutreten, Herr Oberregierungsrat?

– Oh. Das kann ich nicht annehmen, Sie treiben die Höflichkeit zu weit.

– Nein, im Gegenteil. Es ist sehr unhöflich von mir, dass ich Sie schon so lange auf dem Flur stehen lasse. Ich hätte Sie gleich hereinbitten sollen – bitte entschuldigen Sie.

Die Kabine bot das Bild vollständiger und planmäßiger Hässlichkeit. Jeder Anklang von Schönheit war unterdrückt und fehlte selbst dort, wo es schwierig gewesen sein musste, ihn zu vermeiden. Die Wände aus Sperrholz hatten die Farbe von angeschmutztem Sperrholz. Der Spülstein aus Blech erinnerte Neise an eine Trinkvorrichtung für Kühe – etwas dieser Art hatte er letztens bei einem Spaziergang durch den Spreewald auf einem Bauernhof gesehen und als praktisch empfunden, wenn auch nur für Kühe. Die Pritsche mit der Wolldecke kannte er aus den Zellen der Gefängnisse, die er von Berufs wegen inspizierte. Er staunte, dass Diehl, der doch keine Untat begangen hatte, auf einer solchen Pritsche schlief.

– Meine Unterkunft ist recht einfach. Ich fürchte, dass ich Ihnen nicht viel Komfort bieten kann. Macht es Ihnen etwas aus, auf diesem Stuhl Platz zu nehmen?

– Natürlich nicht.

– Entschuldigen Sie auch den unordentlichen Zustand, in dem sich hier alles befindet. Der Dienst nimmt mich so sehr in Anspruch, dass ich kaum dazu komme, mich um die eigenen vier Wände zu kümmern.

Neise konnte keine Unordnung entdecken. Alles war überaus sorgfältig, bis an die Grenze des Schmerzlichen aufgeräumt. Die Decke auf der Pritsche spannte sich makellos glatt wie ein Brett. Nirgendwo lagen Habseligkeiten umher, es gab kein Bild auf dem Nachttisch, keine Zahnbürste über dem Spülstein. Alles musste in Schränken und Fächern verstaut sein, doch sah Neise nirgendwo Fächer und Schränke. Der Steward schien es darauf anzulegen, alles aus der Kabine fernzuhalten, das darauf hätte hindeuten können, dass er existierte. Das Einzige, was zwischen diesen Wänden mit ihm zu tun hatte, war er selbst. Er wohnte in einer Kabine, die nicht bewohnt war.

– Je länger ich mich bei Ihnen umschaue, Herr Diehl, desto gemütlicher finde ich's.

– Vielen Dank.

– Ich bin sicher, dass man es gut hier aushalten kann, wenigstens eine Zeit lang. Die Reisen der Berlin dauern ja ohnehin nie lange – immer nur drei Tage.

Aus der Nachbarkabine drang starkes Schnarchen ungedämpft durch das Sperrholz herüber. Es hatte etwas Bedrängtes, Leidendes, sich unter verzweifelten Anstrengungen Aufbäumendes – mit jedem Luftholen schien der Schlafende gegen die Erstickung zu kämpfen. Es konnte nicht mehr lange dauern, bis er entweder an Atemnot sterben oder aber wegen des Lärms, den seine Nase und seine Lippen erzeugten, aufwachen würde.

– Ihre Kabine, Herr Diehl, scheint mir ein wenig hellhörig zu sein.

– Oh ja, Sie haben recht. Das ist mein Nachbar, einer der Maschinisten. Er schnarcht leider jede Nacht und immer schon vom frühen Abend an.

– Jetzt verstehe ich, warum ich Sie wach angetroffen habe.

Der Steward sah ihm in die Augen und lächelte ein wenig – so wie jemand lächelt, der zwar keinen Humor besitzt, ausnahmsweise aber doch spürt, dass etwas komisch sein könnte.

– Ich schlafe gewöhnlich recht gut. Im Laufe der Zeit habe ich gelernt, mich gegen das Schnarchen zur Wehr zu setzen.

– Ach! Wie denn das? Erzählen Sie.

– Jeden Abend geschieht das Gleiche. Ungefähr um halb zehn schläft der Maschinist ein und fängt an zu schnarchen. Ein oder zwei Stunden später mache auch ich mich fertig für das Bett. Wenn ich alles vorbereitet habe, mich nur noch hinlegen muss … wende ich einen Trick an. Ich gehe auf Zehenspitzen nach nebenan, öffne leise die Tür, rüttle den Maschinisten an den Füßen und schleiche wieder zurück. Jetzt habe ich zwei oder drei Minuten, in denen er wach ist, sich auf seiner Pritsche herumwälzt, unverständliche Worte ausstößt – in dieser Zeit muss ich versuchen, selbst einzuschlafen, und meistens gelingt es.

– Ah, ja. Eine schöne Geschichte.

Neise blickte auf einen Lüftungsschlitz in der Wand neben sich. Es war ein kleines Gitter, das mit Schmutz überkrustet war und dessen ovale Form an einen Mund erinnerte; stinkende Luft strömte in Stößen daraus hervor wie schlechter Atem.

– Die Berlin hat große Verspätung, Herr Diehl. Das brauche ich Ihnen wohl nicht zu sagen. Gestern Mittag schon hätten wir landen sollen, und jetzt ist es Nacht, bald Morgen. Bitte klären Sie mich auf: Warum kommen wir nicht an?

Während er sprach, setzte Stille ein – der Maschinist jenseits des Sperrholzes hatte aufgehört zu schnarchen.

War er gestorben? Oder wach geworden und lauschte durch die Wand?

Der Steward räusperte sich oder hüstelte.

– Ich fürchte, dass ich Ihnen in dieser Frage nicht weiterhelfen kann. Bitte haben Sie Verständnis: Auskünfte darüber, wann das Schiff ankommt, kann nur die Schiffsleitung erteilen. Ich werde Ihre Frage aber gern weiterleiten, gleich morgen früh. Sobald ich eine Antwort erhalte, werde ich mich wieder bei Ihnen melden. Bis dahin bleibt mir nichts anderes übrig, als Sie um etwas Geduld zu bitten.

– Was an Bord dieses Schiffes vorgeht, scheint Sie nur wenig zu interessieren. Offenbar haben Sie keinerlei Bedürfnis, über Ihren eigenen kleinen Kreis hinauszublicken. Selbst wenn die Berlin einen falschen Kurs einschlüge und auf eine Irrfahrt ginge – es wäre Ihnen gleichgültig.

Diehl hatte bisher aufrecht und in diensteifriger Haltung vor Neise gestanden; jetzt setzte er sich auf die Pritsche, die hierbei einen Teil ihrer Glattheit einbüßte, stellte die Füße nebeneinander und faltete die Hände.

– Ich bin ein einfacher Steward, Herr Oberregierungsrat. Warum wir Verspätung haben, wohin das Schiff fliegt und was Sie sonst noch an Fragen haben mögen – dafür bin ich nicht zuständig. Das Luftschiff ist ein großer, aus vielen kleinen Rädchen zusammengesetzter Mechanismus. Jedem Mitglied der Bordmannschaft ist eine bestimmte Aufgabe zugewiesen, und wenn jeder diese Aufgabe gewissenhaft erfüllt, greifen alle Rädchen reibungslos ineinander. Der beste Dienst, den der Einzelne dem Ganzen erweisen kann, besteht darin, sich ausschließlich um das Einzelne zu kümmern. Es gibt an Bord, wie Sie vielleicht wissen, fünfundsechzig Bedienstete. Um mir über die Arbeit auch nur eines einzigen ein Bild zu machen, müsste ich mich lange und sorgfältig mit ihr beschäftigen. Wie sollte mir das jedoch möglich sein – bei den vielen und anstrengenden Pflichten, die ich selbst zu erfüllen habe? Das gilt natürlich besonders für die Tätigkeit der Schiffsleitung. Es liegt auf der Hand, dass die Aufgaben des Kapitäns die bei weitem umfangreichsten sind. Wer, wie ich, am Fuß der Hierarchie steht, erfährt von der Arbeit, die an der Spitze getan wird, nichts. Mit dem Kapitän habe ich, solange ich an Bord der Berlin tätig bin, noch nie ein einziges Wort gesprochen. Die Passagiere, mit denen er sich im Speisesaal unterhält, wissen über seine Arbeit mehr, als ich jemals erfahren könnte.

Diehl sprach ruhig und sicher, mit der trockenen Animiertheit des Fachmanns. Er erteilte Auskünfte aus einem Gebiet, in dem es nichts gab, das er nicht schon wieder und wieder, nach allen möglichen Seiten hin mit großer Gründlichkeit durchdacht hätte. Den Kopf leicht zur Seite geneigt, blickte er auf einen Punkt an der Wand, als sei dort ein Zettel aufgehängt, von dem er seine Worte ablas.

– Sie werden mich noch besser verstehen, wenn ich Ihnen Folgendes erzähle. Kürzlich hat mir die Schiffsleitung das Angebot gemacht, mich zum Haupt-Steward zu befördern. Ich sei ein besonders gewissenhafter Mitarbeiter, und so wolle man mir die Chance eröffnen, mich an anspruchsvolleren, mit noch größerer Verantwortung verbundenen Aufgaben zu bewähren – nun ja; wie sich die Vorgesetzten in solchen Fällen eben ausdrücken. Es stand für mich sogleich fest, was ich zu antworten hätte: Ich bedankte mich und lehnte ab. Die Arbeit des Haupt-Stewards unterscheidet sich von der meinen in einem wichtigen Punkt: Der Haupt-Steward hat Untergebene. Ihm sind die Kellner, die Zimmermädchen, die Putzfrauen und die Botenjungen unterstellt. Anders als ein gewöhnlicher Steward darf er sich nicht darauf beschränken, in seinem eigenen Kreis zu wirken; vielmehr muss er sich anderen Bediensteten zuwenden, sie beaufsichtigen, ihnen Anweisungen erteilen und dergleichen. Das widerstrebt meinem Wesen, es würde mir alle Ruhe und Zufriedenheit nehmen. Vor vielen Jahren bin ich als einfacher Steward in den Dienst der Luftfahrtgesellschaft eingetreten, und ich habe den Wunsch, meine Laufbahn eines Tages als einfacher Steward zu beschließen.

Neise beugte sich auf dem Stuhl vor, dessen Lehne ihm in den Rücken schnitt; zugleich wollte er sich dem übel riechenden Atem entziehen, der immer kraftvoller, mit einem fauchenden Geräusch aus dem Mund strömte.

– Ich sollte Sie beneiden, Herr Diehl. Sie haben Ihren Platz gefunden und sind mit sich selbst im Lot. Es gibt nicht allzu viele, die das von sich behaupten können.

In den Mundwinkeln des Stewards zeigte sich die Andeutung eines befriedigten Lächelns.

– In der Tat, Herr Oberregierungsrat. Ich gehöre zur Berlin, und die Berlin gehört zu mir. Hier oben ist mein

Platz, hier werde ich gebraucht, hier bin ich anerkannt. Meine Verbundenheit mit dem Schiff ist so eng, dass ich es gar nicht mehr verlassen möchte. Die Erde, das gewöhnliche Leben der Menschen dort unten, ist mir fremd geworden. In der langen Zeit meines Dienstes an Bord habe ich mich von ihm entfernt, meine inneren Verbindungen zu ihm sind gekappt. Seit vielen Jahren schon bin ich nicht mehr auf der Erde gewesen. Wenn das Schiff einen Flughafen erreicht und für eine Weile Aufenthalt nimmt, verlasse ich es nicht; auch in den Wintermonaten, wenn die Berlin zur Überholung in einen Hangar gebracht wird, bleibe ich an Bord. Ich lebe allein in meiner Kabine, erledige diese und jene Arbeit und warte auf die nächste Fahrt. Anfangs war die Schiffsleitung verwundert, dass ich den Wunsch hatte, mich nicht mehr auf die Erde zu begeben, doch dann fand sie sich damit ab. Auf meine Bitte hat sie mir sogar die Erlaubnis gewährt, meinen Urlaub und sämtliche Feiertage an Bord zu verbringen. Es gibt nur eine einzige Gelegenheit, bei der ich nicht umhinkann, das Schiff zu verlassen: Vor dem Abflug, wenn die Berlin über dem Rollfeld schwebt, muss ich, so verlangen es die Vorschriften, am Fuß der Einstiegstreppe die Passagiere begrüßen. Ich mache kein Hehl daraus, dass es mich große Überwindung kostet, auch nur eine Minute auf der Erde zu stehen. Es wäre bereits eine Erleichterung, wenn ich die Erlaubnis hätte, mich statt auf das Flugfeld auf die unterste Treppenstufe zu stellen, doch leider geht es nicht: Die Vorschriften sind in diesem Punkt streng. Immer wenn sich ein Fahrgast nähert, freue ich mich, ihn nach oben ins Schiff geleiten zu dürfen;

aber schon nach kurzer Zeit muss ich wieder hinunter, und die Last beginnt von Neuem. Erst wenn der letzte Passagier an Bord gegangen ist und die Einstiegsluke zugezogen wird, haben meine Strapazen ein Ende, und ich sage mir mit einem tiefen, erleichterten Atemzug »Geschafft!«.

7

Neise betrachtete im Spiegel sein übernächtigtes Gesicht. Die Haut hatte eine deutliche Beimischung von Grau und Braun und schien galoppierend zu altern. Unter den verquollenen Augen malten sich Schatten, die selbst der beste Wille zur Selbsttäuschung nicht auf die ungünstigen Lichtverhältnisse in der Kabine zurückführen konnte. Er erinnerte sich nicht, sein Gesicht je in ähnlicher Verfassung gesehen zu haben, aber kein Wunder: In seinem bisherigen Leben hatte er seelische Aufgewühltheit immer nur in folgenlos kleinen Dosen kennengelernt, war größeren Anstrengungen mit Umsicht aus dem Weg gegangen, hatte von allem die Finger gelassen, was seine Haut grau und braun hätte machen können.

Im Himmel trieben gewaltige Wolken vorüber und hielten die Sonne versteckt. Nach dem grellen Licht zu schließen, musste es recht spät am Morgen sein. Wahrscheinlich hatte er noch länger in den Tag hineingeschlafen als sonst, was allerdings nach einer zerstückelten Nacht wie dieser nicht verwunderlich war. Er sah zur Bettkonsole hinüber – der Reisewecker war stehen geblieben. Gestern Abend musste er im allgemeinen Durcheinander vergessen haben, ihn aufzuziehen. Er nahm die Taschenuhr vom Tischchen – auch sie war stehen geblieben. Diese doppelte Nachlässigkeit erstaunte ihn – so sehr, dass er sich auf die Bettkante setzen musste. Das abendliche Aufziehen der Uhren gehörte zum engeren Ritualbestand; seit seinem achten oder neunten Geburtstag, als er die erste Kinderuhr von seiner Mutter geschenkt bekommen hatte, war es noch nie ausgefallen, so jedenfalls glaubte er. Mit unsicheren Fingern nahm er den Wecker von der Konsole, um die beschädigte Ordnung wiederherzustellen. Dabei fiel ihm ein, dass er ja die Uhrzeit nicht kannte, sodass er den Wecker zwar aufziehen, nicht jedoch stellen konnte. Eine Weile dachte er darüber nach, wie er sich aus dieser Zwickmühle befreien könne, dann ging er zum Spiegel und griff nach der Bürste aus Rosshaar.

Er aß Haferschleim und trank Lindenblütentee. In seinem Bauch rumorte ein Gefühl, das ihn nervös machte; es war zwar nur ein leichtes Ziehen, ließ sich noch nicht als Übelkeit bezeichnen, doch traute er ihm jede Steigerung zu. Dass er imstande sein würde, auch nur das bisschen, das er nach und nach in sich hineinquälte – eine viertel Tasse Tee, einen achtel Teller Brei –, im Magen zu behalten, hielt er für unwahrscheinlich.

Pohlschröder fehlte. Sein Gedeck war bereits abgeräumt, der Stuhl an die Tischkante gerückt. Natürlich, so spät am Morgen konnte er nicht mehr hier sein, musste schon lange in seiner Kabine gegen die Telegrammstöße kämpfen! Neise erinnerte sich, dass Pohlschröder auch gestern beim Frühstück nicht da gewesen war und dass er sich darüber gewundert hatte. Warum hatte er sich noch gleich darüber gewundert? Vergessen. Es musste etwas mit der Uhrzeit zu tun gehabt haben, die ihn, wenigstens im ersten Augenblick, durcheinandergebracht hatte, dann aber doch in Ordnung gewesen war, oder jedenfalls einigermaßen.

Die Stimmung im Salon war gelöst wie immer. Die Leute redeten und frühstückten drauflos, wie sie an jedem Morgen drauflosredeten und frühstückten. Allenfalls glaubte er, hier oder dort eine Spur von Gedrücktheit, unterschwelliger Unruhe zu bemerken, war sich jedoch nicht sicher. Ein älterer Mann am Fenster ließ sein Brötchen unangebissen auf dem Teller liegen und blickte mit matten Augen zur Decke empor. Am Nachbartisch, wo ein energisches Ehepaar aus Süddeutschland saß, das sich bisher bei allen Mahlzeiten wohlgelaunt und lebensbejahend unterhalten hatte, herrschte Schweigen; nur hin und wieder ließ die Frau ein paar Worte fallen, die aber weder lebensbejahend noch wohlgelaunt klangen … Neise schüttelte den Kopf: Er durfte diesen Beobachtungen keine überzogene Bedeutung beimessen. Vielleicht beging er den Fehler, die eigene niedergedrückte Laune, die er nicht loswurde, für die der anderen zu nehmen – solche Wahrnehmungsfehler kamen vor. Im Übrigen hatte die Stimmung auch an den vergangenen Tagen immer wieder einmal geschwankt, war zeitweilig sogar noch schlechter gewesen als jetzt. Auf einer Reise, die sich über längere Zeit hinzog oder richtiger: die kein Ende nahm, konnte das ja auch nicht anders sein.

Im Lesesalon verbarg er seinen Kopf hinter den Sesselohren und blickte zerstreut auf seine Fingernägel. Es wäre an der Zeit gewesen, er wusste es, sich den Gedanken, die er seit dem Aufwachen immer wieder mit unterschiedlichem Erfolg aus seinem Bewusstsein verscheuchte, endlich zu stellen; doch die Widerstände waren stark. Alles Nachdenken und Fragenstellen bereitete ihm einen Druck in den Schläfen, zehrte an den wenigen Kräften, die er noch besaß. Wohin fliegt die Berlin – er konnte die Frage nicht mehr hören. Seit zwei Tagen war sie seine beharrliche Begleiterin, ließ sich nicht dazu bringen, ihn auch nur viertelstundenweise in Frieden zu lassen, jagte ihn sogar mitten in der Nacht aus dem Bett und in die Eingeweide des Schiffes hinein!

Schon unter gewöhnlichen Umständen wäre all das schwer zu ertragen gewesen, doch von gewöhnlichen Umständen konnte keine Rede sein – er war ja im Urlaub! Im wohlverdienten, teuer bezahlten, vom zuständigen Unterabteilungsleiter genehmigten Urlaub! Und im Urlaub hatte man das Recht, sich auszuruhen, einfach nur im Sessel herumzulümmeln, die Stunden zu vergeuden, das Leben zu genießen!

Fest stand, dass er es sich nicht leisten konnte, in unerholtem Zustand an seinen Schreibtisch zurückzukehren – er *musste* ausspannen. Die letzten Monate waren strapaziös gewesen, an manchen Tagen hatte er vor lauter

Arbeit nicht mehr ein noch aus gewusst. Und der nächste Urlaub würde noch lange auf sich warten lassen. In diesem Jahr, das sah er voraus, konnte er sich keinen einzigen freien Tag mehr nehmen, würde ohne Pause bis Weihnachten durcharbeiten müssen …

Was noch hinzukam: Er war krank. Schon seit Tagen konnte er sich kaum auf den Beinen halten, musste gegen Schwindel, Appetitlosigkeit und was nicht sonst noch alles ankämpfen. Sein Zustand war womöglich ernster, als er bisher angenommen hatte; was er spürte, konnte der Vorbote einer schweren Krankheit sein. Schon bald würde er keinen einzigen Bissen mehr herunterbekommen, schwach und hilflos vor sich hin vegetieren, womöglich in einem der Salons vor allen Leuten zusammenbrechen … Und das an Bord eines Luftschiffs! Einen schlechteren Ort, krank zu werden, konnte es gar nicht geben! Das nächste Krankenhaus lag Tausende von Kilometern entfernt! Völlig außer Reichweite! Wie das Ministerium!

Kein anderer Passagier hätte in einer solchen Lage gezögert, sich ins Bett zu legen und nur noch die eigene Gesundheit zu pflegen. Was jedoch tat er? Hütete das Bett nicht einmal in der Nacht! War von morgens bis abends und von abends bis morgens auf den Beinen! Wälzte Fragen in seinem Kopf herum, die selbst für einen Menschen, der sich blühender Gesundheit erfreute, unerträglich gewesen wären!

So durfte es nicht weitergehen. Er musste alles Nachdenken aufgeben, den sonderbaren Dingen, die hier oben geschahen, ihren Lauf lassen. Sobald sich irgendwo ein störender Gedanke zeigte, musste er ihn verjagen, in abgelegene Bezirke der Seele verdrängen, wo er keinen Schaden anrichten konnte. Das war im Übrigen eine der einfachsten Sachen der Welt – alle taten es. Jeder normale Mensch war vom Aufwachen bis zum Einschlafen damit beschäftigt, sich einen Gedanken nach dem anderen aus dem Kopf zu schlagen. Jeder Tag, jede Stunde, jede Minute war übersät mit Augenblicken, in denen er sich aus der gewaltigen Fülle von Gedanken, die ihm zu denken möglich waren, willkürlich die wenigen herausgriff, die ihm nicht die gute Stimmung verdarben, mit denen er es schlecht und recht aushalten konnte.

Vielleicht würden sich alle Fragen ohnehin bald von allein beantworten. Ob er nachdachte oder nicht, sich zugrunde richtete oder nicht, würde dann keine Rolle mehr spielen. Die meisten Probleme lösten sich, das lehrte die Erfahrung, nach einiger Zeit in Luft auf – man musste lediglich den Mut besitzen, sie sich selbst zu überlassen. Da es noch früh am Morgen war, konnte noch viel geschehen – von allen Seiten her konnte, wie aus dem Nichts, die Lösung kommen. Wer sagte zum Beispiel, dass die Berlin … nicht schon in der nächsten Stunde landen würde? Aber ja! Es gab überhaupt keinen Grund, warum sie es nicht tun sollte! Und wenn sie nicht in Amerika landete, dann eben anderswo! Dies wäre zwar ein wenig unpraktisch gewesen, hätte die eine oder andere Umständlichkeit mit sich gebracht, doch ein wirklicher Schaden wäre nicht entstanden. Die Stiche an den Gangwänden zeigten, dass es keinen noch so entlegenen Ort auf der Welt gab, den Luftschiffe nicht schon einmal angeflogen hätten. Nur jemand wie er, der kaum je den Weg aus Deutschland hinausgefunden, der schon Venedig als einen Ort von waghalsiger Exotik empfunden hatte, konnte sich von dergleichen ins Bockshorn jagen lassen!

Er trank Tee in seinem bevorzugten Sessel auf der Galerie und stellte fest, dass es ihm besser ging. Sein Magen fühlte sich stabil, beinahe schon wie immer an. Auch sein Kopf war in recht ordentlichem Zustand, es konnte nicht mehr lange dauern, bis sich mit ihm etwas würde anfangen lassen. Der Tee, den er zunächst nur aus Rücksicht auf die Gepflogenheiten bestellt hatte und weil er zwischen all den Gesunden um ihn her nicht als einzig Kranker auffallen wollte, besaß einen eindeutigen Teegeschmack.

Mit der weichen Dankbarkeit des Rekonvaleszenten lehnte er sich im Sessel zurück. Betrachtete den leuchtenden Narzissenstrauß auf dem Tisch, wollte sich über ihn beugen und seinen Duft einsaugen, was er auf dieser Reise noch nie getan hatte – warum eigentlich? Lauschte der Musik und summte, ohne Rücksicht auf Passagiere oder Kellner, die ihn hören mochten, vor sich hin. Sie gefiel ihm gut, diese Musik, wenigstens besaß sie einen eigenen Stil, der gar nicht einmal schlecht war, man musste ihr Gerechtigkeit widerfahren lassen, durfte sie nicht aus kultureller Überheblichkeit abtun …

Die Berlin war im Großen und Ganzen ein angenehmer Aufenthaltsort. Für alles, was man brauchte, und für eine Reihe weiterer Dinge außerdem, war gesorgt. Die Reise verlief so bequem und interessant, wie man es erwarten durfte. Das wenige, das ihn bisher irritiert hatte, durfte man nicht überbewerten. Auf jeder Reise gab es irgendetwas, mit dem man nicht zufrieden war, das nicht noch ein wenig besser hätte sein können – so auch auf dieser. Wenn ein Außenstehender ihn beobachtet hätte, wie er da bei plätschernder Musik aus einem Meißener Tässchen Tee trank, wäre er nicht auf die Idee gekommen, dass ausgerechnet er Grund haben könnte, unzufrieden zu sein. Wahrscheinlich musste man einen Hang zur Selbstquälerei besitzen, um sich den Aufenthalt hier oben durch Nachdenken zu verderben. Vielen anderen Menschen, der überwältigenden Mehrheit, ging es schlechter als ihm; und doch ertrugen sie ihre Lage gelassen und beklagten sich nicht. Sie legten gesunden Pragmatismus an den Tag und machten aus ihrer schlechten Lage das Beste – während er aus einer Lage, die nicht besser hätte sein können, das Schlechteste machte!

Salut d'Amour spielte ein Stück, das er auf der Erde, soweit er sich erinnerte, noch nie gehört hatte. Hier oben hörte er es immer wieder, allein heute Nachmittag, innerhalb der letzten Stunde, schon zum zweiten Mal. Oder täuschte er sich? Der Anfang, die ersten Takte waren ihm noch bekannt vorgekommen, was dann folgte, immer weniger. Die Schwierigkeit bestand darin, dass alle Stücke einander bis zur Ununterscheidbarkeit ähnelten; immer erzeugten sie die gleiche Atmosphäre schwebender Zufriedenheit und unverbindlichen Behagens, immer handelten sie von »süßen Mädeln« und »lustigen Witwen«, die »Frühlingsdüfte« witterten und »rote Rosen« pflückten, in »venezianischen Gondeln« fuhren und »heimliche Tränen« vergossen. So konnte selbst das vorzüglichste Gedächtnis sie nicht festhalten, die Erinnerung an sie verlor sich mit dem Schlussakkord.

Er weigerte sich, länger gegen die Vermutung anzukämpfen, dass er in der Sekunde, als die Bodenmannschaften die Haltetaue aus den Händen ließen, in eine Welt hineingeraten war, die er nicht verstehen konnte. Sie wurde von Regeln bestimmt, die mit denen, die er von der Erde her zu kennen glaubte, nichts gemein hatten. Auch nach mehreren Reisetagen erschlossen sie sich nur in wabernden Andeutungen, immer wieder *ein* Rätsel gegen ein anderes vertauschend und ohne dass er je hätte sagen können: Ah, das also ist es. Sich gegen diese Regeln aufzulehnen, ihnen ihre Gültigkeit streitig zu machen, war aussichtslos bis zum Lächerlichen. Es blieb ihm nichts übrig, als sie augenreibend hinzunehmen und für eine gewisse Zeit, aber was hieß das schon?, zu seinen eigenen zu machen. Je länger er ihnen unterstand, desto mehr würde er sich an sie gewöhnen, und über kurz oder lang musste der Augenblick kommen, in dem er es für selbstverständlich halten würde, sie für selbstverständlich zu halten.

Er dachte an Berlin, an den vorfrühlingshaften Grunewald, in dem er sich noch vor wenigen Tagen den weichen Wind, den Duft der Baumblüten ums Gesicht hatte wehen lassen; an sein Stammlokal am Savignyplatz, wo er jeden

Freitag zu Abend aß und sich von dieser Kellnerin mit den nahezu grünen Augen bedienen ließ – bald wäre es wieder so weit gewesen; an die schaukelnde Straßenbahn, in der er Tag für Tag zum Ministerium fuhr und die auch jetzt irgendwo in der Stadt unterwegs sein musste – ohne ihn; dachte an das ganze kleine Leben, das er bis zum Tag seiner Abreise in der Gewissheit geführt hatte, dass es ein anderes für ihn nicht geben könne – und nun gab es doch ein anderes, und gerade sein bisheriges schien ihm fremd und unmöglich. Jede Gültigkeit und Maßgeblichkeit war ihm genommen: Es war mit Berlin verwoben, nicht aus Berlin herauszutrennen, gemeinsam mit Berlin zurückgeblieben. Sein Leben und Berlin lagen in einer Ferne, die über jede Vorstellung hinausging, nicht einmal mehr im selben Sonnensystem, sondern auf dem Stern einer anderen Milchstraße. Was er in jener Stadt einmal gewesen war, spielte hier oben keine Rolle mehr, hatte sich erledigt wie das Leben der Seele in einer früheren Inkarnation.

8

Der Bordtag begann mit einem Missgeschick. Beim Frühstück machte Neise eine ruckhafte Bewegung mit dem Unterarm und verschüttete Tee auf seine Krawatte. Obwohl der Fleck, den er hastig und ausgiebig mit der Serviette betupfte, auf dem lebhaften Paisley-Muster kaum zu sehen war, beschloss er, in die Kabine zu gehen und die Krawatte zu wechseln. Seine Formbesessenheit hatte an Bord noch zugenommen: Den unsichtbaren Fleck auf sich beruhen zu lassen, mit einem nonchalanten Ferien-Lächeln über ihn hinwegzugehen, war ihm unmöglich. Um nicht zu lange mit dem Aufstehen zu warten, aß er rascher als sonst sein Brötchen auf und ließ den Milchreis mit Früchten, auf den er sich seit Beginn des Frühstücks gefreut hatte, auf dem Tisch zurück.

Vor der Tür seiner Kabine stand ein Putzwägelchen. Es war mit Stapeln von Bettlaken und Handtüchern, einem karierten Leinensack, aus dem schmutzige Wäsche quoll, einer Phalanx von Putzmittelflaschen, die einen imposanten Anblick boten und mit denen sich gewiss jeder erdenkliche Schmutz würde beseitigen lassen, bis zur Überlast beladen. Auf dem Boden der Kabine hockte ein Zimmermädchen. Sie hatte Haare von leuchtendem, wenn auch nicht echtem Blond und trug einen hellblauen Kittel zu rosa Gummihandschuhen. Ohne Neise sogleich zu bemerken, der vor Überraschung im Türrahmen stehen blieb und den Mund schief öffnete, hantierte sie mit Handfeger und Kehrblech.

– Guten Tag, lassen Sie sich bitte nicht stören.

Sie wandte sich zu ihm herum, ohne ihre Hocke aufzugeben, und lächelte mit munterer und distanzloser Freundlichkeit, als wären sie einander schon öfters begegnet und könnten, wenn es nach ihr ginge, auf Förmlichkeiten verzichten.

– Sie stören mich nicht! Kommen Sie nur herein, ich bin sowieso gleich fertig.

Sie hatte ihre langen Haare auf dem Kopf zu einem Knoten zusammengebunden, was zweifellos eine praktische, ihrer Arbeit zugutekommende Maßnahme war, zugleich aber die Form ihres Gesichts, besonders die Stirn, die ein gleichmäßiges Oval bildete, das jetzt von der Anstrengung des Fegens gerötet war, vorteilhaft zur Geltung brachte.

– Ich werde nicht lange bleiben; bitte arbeiten Sie einfach weiter.

Mit langsamen, vorsichtigen Schritten, fast auf Zehenspitzen trat er herein, wie um den Boden, den sie sauber machte, nicht zu beschmutzen und damit der Belästigung, die seine Anwesenheit ohnehin für sie bedeutete, die Krone aufzusetzen.

– Ich werde mir nur eine andere Krawatte anziehen. Es dauert nicht lange.

– Ganz wie Sie wollen! Ich kann auch kurz nach draußen gehen.

– Aber nein, nein … Bitte … bleiben Sie.

Er löste vor dem Spiegel seinen Krawattenknoten und ließ diskret den Blick wandern. Sie machte sich mal auf dem Boden und mal an der Couch zu schaffen; aus den Augenwinkeln und im Spiegel fing er wechselnde Ausschnitte ihres Körpers in wechselnden Perspektiven auf. Ihr Gesicht glaubte er schon mehr als einmal in Reklamen gesehen zu haben, es war hübsch und gängig. Neben dem Mundwinkel trug sie einen Schönheitsfleck, wie er gerade bei amerikanischen Filmstars und in deutschen Reklamen zu den Requisiten zählte, an denen kein Weg vorüberführte. Nach der Art, wie sie mit ihm redete, sich mit den behandschuhten Fingern eine Strähne aus der Stirn strich, über ihrem Putzeimer einen Lappen auswrang und dazu leicht die Lippen schürzte, war sie einfach – einfach und nett und nichts weiter, wie Frauen, die man aus Reklamen kannte, eben zu sein hatten.

In der Enge der Kabine war kaum Platz für zwei. Sie musste um ihn herumarbeiten, war oft nur wenige Zentimeter weit, um einen Lufthauch von ihm entfernt, er hätte nichts tun müssen, als mit einer winzigen und unverdächtigen Geste die Hand nach ihr auszustrecken …

Seltsam: Nie erhaschte er bei einer seiner zufälligen Kopfbewegungen ihren Blick. Sie arbeitete zügig und mit Konzentration, schien nicht die geringste Aufmerksamkeit für ihn übrig zu haben. Das gab seiner Eitelkeit einen Stich, doch zugleich sagte er sich, dass es nichts zu bedeuten habe: Sie war eben durch ihren Beruf abgestumpft. Sicher arbeitete sie schon seit vielen Jahren in den Kabinen, traf immer wieder auf engem Raum mit fremden Männern zusammen, hatte jedes Empfinden dafür verloren, wie vieldeutig und stimulierend diese Situation war, konnte in Männern nur noch Gegenstände erblicken, die sperrig im Weg herumstanden …

Sie rückte den Stuhl an die Couch heran, streifte dabei zufällig mit dem Arm über seinen Rücken, von den Schulterblättern ein Stück abwärts, die Berührung war so schwach und kurz, dass er sie kaum spürte … Verstohlen bewegte er sich vom Spiegel fort in ihre Richtung, machte ein paar Armbewegungen, die ausladender als nötig waren, im nächsten Moment würde er sie berühren – sie wandte sich ab, zur Nachtkonsole hin, er konnte sie nicht mehr erreichen …

In der Stille klangen selbst die leisesten Geräusche auf unheimliche Weise verstärkt: Ob das Zimmermädchen die Vase auf dem Fensterbrett verrückte, mit der flachen Hand über die Sofakissen strich, auch nur den Atem ein wenig tiefer durch die Nase einzog: Alles war ausnehmend hörbar und schien noch näher, als es ohnehin war. Neise klappte den Kragen seines Hemdes in die Höhe, um die neue Krawatte umzulegen: Nie zuvor wurde ein Kragen mit einem so durchdringenden Geräusch in die Höhe geklappt. Er lehnte sich nach vorn, um sein Gesicht von Nahem im Spiegel anzusehen: Das Klick-Klick, mit dem seine

Gürtelschnalle gegen den Rand des Beckens stieß, hallte von den Wänden wider.

Er dehnte die Zeremonie vor dem Spiegel bis zur Grenze des handgreiflich Unrealistischen aus: Löste den Knoten, der ihm tadellos gelang, zweimal wieder auf; schob die Jackettärmel zurück und wusch sich die Hände, die es nicht nötig hatten; entfernte mit einem Waschlappen, den er umständlich befeuchtete, einen Fleck am Hosenbund, der nicht vorhanden war …

– So! Nun bin ich fertig. Ich habe ja gesagt, es dauert nicht lange.

Ohne sie zu streifen, was ihm leicht möglich gewesen wäre – doch es war nun einmal nicht seine Art! –, ging er an ihr vorbei zur Tür. Auf der Schwelle blieb er stehen, zupfte noch einmal die Ärmel seines Jacketts zurecht und riskierte einen letzten Blick zurück.

Sie lehnte mit der Hüfte am Muschelbecken, hatte ihre Augen weit geöffnet und warf ihm ein Lächeln zu, in dem so viel unbekümmerte Gier lag, wie er sie noch nie in einer Reklame gesehen hatte.

Im Rauchkabinett sah er aus dem Fenster in die Wolken, drehte eine ›Hoyo de Monterrey‹ zwischen den Fingern und stellte fest, dass er verliebt war.

Erstaunlich! … Wie schnell das ging! … Noch nie hatte er eine Inkubationszeit erlebt, die *dermaßen* kurz gewesen war! Da hatte er bloß ein paar Minuten neben ihr gestanden, sie aus schiefen Winkeln und in ungünstigen Ausschnitten gesehen, nicht mehr von ihr zu hören bekommen als »Sie stören mich nicht« und »Ich bin sowieso gleich fertig« – und schon das!

Er unternahm nur schwach, für einige Augenblicke den Versuch, gegen seine Verliebtheit anzukämpfen. Wies sich behutsam darauf hin, dass man sie ja wohl nicht ernst nehmen könne, dass sie etwas bloß Physisches sei, sich fast ausschließlich im unteren Teil des Körpers abspiele, nur nebenbei auch ein bisschen im Kopf ... Was hatte das Zimmermädchen denn schon? So gut wie nichts! Ihre Augen waren hübsch, das ließ sich nicht bestreiten, und nun ja: Das tierhafte Lächeln, mit dem sie ihn verabschiedet hatte, bereitete ihm noch jetzt einen leichten Schwindel ...

Der Hoyo bekam es nicht gut, zwischen seinen Fingern gedreht zu werden: Das Deckblatt löste sich ab, einzelne Fasern waren schon auf seine Hose gerieselt, er wischte sie mit dem Handrücken auf den tabakbraunen Teppich.

Dass er das Zimmermädchen wiedersehen musste, und zwar rasch, lag auf der Hand. Am besten gleich heute Abend, wenn sie zum zweiten Mal in seine Kabine kam und die Couch für die Nacht in ein Bett verwandelte. Es gab keinen Grund, die Sache in die Länge zu ziehen, ja es wäre sogar eine Unvorsichtigkeit gewesen. Woher sollte er denn wissen, wie lange die Reise noch dauerte? Gut möglich, dass sie früher zu Ende ging, als er es gebrauchen konnte – vielleicht schon morgen früh oder heute Nacht! Er musste sich beeilen, durfte keine Zeit verlieren, jede Stunde zählte ...

Zum Glück fühlte er sich wieder gesund. Noch vor kurzem hätte er vor lauter Schwindel, Brechreiz und so weiter mit einer Frau gar nichts anfangen können. Schon der bloße Gedanke, sich zu verlieben, wäre nervlich belastend gewesen …

Er nahm einen tiefen Zug aus der Zigarre, wie um sich selbst zu beweisen, dass er all seine Kräfte wiedererlangt hatte, blies den Rauch voller Elan in den Himmel …

Die Gefahr, dass er einer Niederlage entgegenging, war wohl nicht sehr groß. Nein, er lehnte es ab, darüber auch nur nachzudenken. Etwas in ihm sagte ihm, dass er sich keine Sorgen zu machen brauche, dass er *Erfolg* haben werde. In seinem Leben war es durchaus hin und wieder vorgekommen, dass er auf Frauen mehr oder weniger stark gewirkt hatte. Er wusste, dass er die eine oder andere Stärke besaß, die zugkräftig war, auf die er sich verlassen konnte: von gepflegter äußerer Erscheinung bis zu sicherer Beamtenstellung. Vor allem aber: Der Blick, den sie ihm zugeworfen hatte, war ja wohl eindeutig gewesen, eine Aufforderung, die man gar nicht missverstehen konnte. Er hätte geradezu ein Trottel sein müssen, wenn er …

Es klopfte. Er öffnete. Sie hatte die Hände dienstmädchenhaft im Rücken verschränkt. Auf ihrem Gesicht lag der gleiche distanzlose Ausdruck wie am Morgen; zugleich schien sie erstaunt, belustigt fast, ihn nach so kurzer Zeit schon wieder vor sich zu sehen. Auf dem Kopf trug sie nun ein Spitzenhäubchen, das ihre hochgesteckten Haare verbarg; die Gummihandschuhe hatte sie abgelegt, wie er mit Erleichterung feststellte.

– Guten Abend. Ich komme zum Aufdecken.

– Wie schön!

– Ich kann auch erst in die anderen Kabinen gehen, wenn …

– Aber nein! Warum denn, kommen Sie …

Während sie lächelnd an ihm vorüberging, gelang ihm ein voller Blick auf ihren Nacken, der zart und schmal aus dem Kittel wuchs und mit blondem Flaum bedeckt war. Auch ihr Parfum sog er ein; es war ein Duft der verbreiteten und süßlichen Art, den sie frisch aufgelegt zu haben schien.

Er stellte sich ans Fensterbrett und deutete ihr durch eine verlegen-komplizierte Geste an, dass er sich mit Bedacht gerade an diesen Platz zurückziehe, weil er sie nicht bei ihrer Arbeit stören wolle, vor der er natürlich den größten Respekt habe.

– Gefällt es Ihnen an Bord?, fragte er.

Diese Frage hatte er sich als Eröffnung zurechtgelegt, doch jetzt gefiel sie ihm nicht – sie klang zu unpersönlich und phrasenhaft, so fragte ein Herr jenseits der sechzig, der eine Konversation ohne Hintergedanken beginnen wollte.

– Ja, ganz gut. Ich kann nicht klagen.

– Und seit wann arbeiten Sie schon hier?

– Ach, noch nicht lange. Seit ein paar Wochen. Vorher war ich in Berlin, in einem Hotel.

– Aus Berlin komme ich auch. Ich bin dort … Beamter im Justizministerium.

Er senkte die Augen und schämte sich, wenn auch nicht sehr, der überstürzten Plattheit, mit der er das wenige zur Schau stellte, das er ihr immerhin bieten konnte. Als wehrloser Zuschauer musste er mit ansehen, wie seine körperliche Ungeduld ihn zwang, etwas zu sagen, was sein Geschmack und sein hoch entwickeltes Kniggegefühl, das auch in diesem Augenblick nicht schlief, als peinlich empfanden.

Mit eingeschliffenen Bewegungen nahm sie die Nackenrolle und die Kissen von der Couch und verstaute sie auf einem Gestell neben dem Spind.

– Ich hab einen Cousin, der ist auch Beamter. Aber nicht in Berlin, sondern in Rostock. Als er anfing, hat er irgendwo in Brandenburg gearbeitet. Aber dann ist er versetzt worden – nach Rostock.

– Ah, ja. Darf ich fragen, wie Sie … wie Sie heißen?

– Erika.

– Ich heiße Neise.

Er genierte sich, weil er nicht die Entschlossenheit aufbrachte, in gleicher Münze zu erwidern und sich ihr als »Hermann« vorzustellen. Dabei wusste er, wie wenig es zu bedeuten habe, dass sie ihm ihren Vornamen nannte: Als Zimmermädchen war sie daran gewöhnt, mit ihrem Nachnamen gar nicht erst in Betracht zu kommen. Immerhin glaubte er zu hören, dass sie das »Erika« in einem schönen und warmen Ton sagte, nicht ohne eine gewisse Vertraulichkeit; wäre er ein Mann jenseits der sechzig gewesen, mit dem sie eine Konversation ohne Hintergedanken führen wollte, hätte sie diesen Ton nicht angeschlagen.

– Kommt es eigentlich oft vor, dass Sie … in den Kabinen mit Passagieren zusammentreffen? Und dass die Passagiere Sie dann … bei Ihrer Arbeit stören, so wie ich?

– Ja. Das kommt vor. Aber Sie stören mich ja nicht.

– Wahrscheinlich kann man als Zimmermädchen … wie soll ich sagen … ziemlich viel erleben, was? Ich meine, ich würde mich nicht wundern, wenn es Männer gäbe, die …

Sie hatte unter der Couch ein Laken hervorgeholt, faltete es mit einer schwunghaften Bewegung auseinander und lächelte dazu auf eine Art, die er nicht einschätzen konnte, denn ihr Gesicht war zu drei Vierteln abgewandt.

– Na klar, was denken Sie. Erst letzte Woche – da gab's wieder einen, der's nicht lassen konnte. Immer wenn ich in seine Kabine kam, stand er am Fenster und starrte mich von oben bis unten an.

– Ach.

– Am letzten Tag hat er mir sogar ein Angebot gemacht; und eine Perlenkette wollte er mir auch noch schenken. Ich hab aber abgelehnt.

– Das Angebot oder die Kette?

Sie verstand nicht sofort und hielt beim Bettenmachen inne – dann lachte sie laut und mit zusammengepressten Augen auf, ließ sogar das Laken los und schlug sich mit dem Handballen auf die Hüfte. Neise fiel in ihr Lachen ein, doch leiser und überlegt, lehnte sich in leichtem Schwindel gegen das Fenster und suchte mit den Händen Halt, als sei der Boden in Bewegung.

Die Stille nach dem Lachen war abrupt. Mit saugender Aufmerksamkeit beobachtete er, wie sie das Laken glatt strich, auf dem ihr nackter Körper liegen würde. Wie sie das Kissen schüttelte und zurechtschob, das ihr Kopf zerwühlen würde. Wie sie den Schlafanzug auseinanderfaltete, der zu Boden gehen würde. In dem, was sie tat, war nichts Gemachtes, alles geschah zwanglos und ohne einen Zug von Künstlichkeit, so wie es auch geschehen wäre, wenn er nicht neben ihr gestanden hätte. Sicher und ohne Fehler spielte sie die Rolle des Zimmermädchens und traf doch alle Vorbereitungen, in eine andere zu schlüpfen.

– So, bitte schön.

Sie legte noch eine Praline aufs Kopfkissen und wandte sich ihm zu.

– Jetzt bin ich fertig.

– Das ging ja schnell … Wollen Sie … wollen Sie schon gehen?

Sie grinste.

– Klar. Ich muss weiter, in den anderen Kabinen aufdecken.

– Ich weiß, aber … trotzdem. Bleiben Sie doch noch. Nur ein bisschen.

– Es geht nicht. Ich würd ja schon gern, aber… bis sieben muss ich mit allen Kabinen fertig sein.

Er lächelte ein Lächeln mit offenen Lippen und emporgezogenen Brauen, von dem ihm vor Jahren eine Sekretärin am Berliner Landgericht gesagt hatte, es sei charmant und sie habe ihn, wenn er so lächle, immer besonders gern.

– Bleiben Sie doch noch ein bisschen.

– Es geht nicht. Wirklich nicht.

– Bis sieben ist noch viel Zeit.

– *Es geht nicht!*

Neise lag an sie geschmiegt. Ihre Augen waren halb geöffnet und sahen träumerisch an ihm vorbei ins Nichts. Ihr Atem ging weich, er spürte ihn warm und feucht am Hals, sie schien ihn geradezu anzuhauchen, was nicht angenehm war. Gern hätte er sich zur Seite gedreht, um den Hauch an eine andere Stelle zu lenken, doch das wäre lieblos gewesen, sie hätte es ihm übel genommen; außerdem lag er hart an der Kante des Bettes und musste jede noch so kleine Bewegung vermeiden, wenn er nicht ins Leere rollen wollte.

Aus den Augenwinkeln betrachtete er den Fußboden: Von der Tür bis zum Fenster lagen Kleidungsstücke in unglaubwürdigem, arrangiert wirkendem Durcheinander verstreut. Sein Jackett war zerdrückt, das Innenfutter an den Schultern, bis in die Oberarme hinein, nach außen gewendet, wie er es noch nie gesehen, kaum auch nur für möglich gehalten hatte. Seine Schuhe waren unter den Spind geraten und ragten nur zentimeterweit hervor, dennoch konnte er sehen, dass die Schnürsenkel nicht geöffnet waren – diese Einzelheit beeindruckte ihn. Die Praline war nicht zu entdecken, konnte überall und nirgends sein, wahrscheinlich lag sie noch im Bett und war vom Gewicht ihrer Körper zerdrückt worden.

Erika hob den Kopf aus dem Kissen.

– Du … Lieber … Weißt du, wie viel Uhr es ist?

Er ließ auf seiner Stirn eine Furche erscheinen. Ihre Frage schien ihm nüchtern und allzu praktisch, war fast schon eine Verletzung seiner männlichen Eitelkeit, und so ließ er eine Viertelminute verstreichen, ehe er antwortete.

– Wie viel Uhr?! … Ich weiß nicht … Wieso?

– Sei nicht bös, aber … ich hab nicht viel Zeit. Du weißt doch …

– Ach, ja … du musst in den Kabinen aufdecken.

Vorsichtig zog er den Arm unter ihrem Hals hervor. Setzte sich langsam, mit spannendem und schmerzendem Rücken, auf die Bettkante. Die Anzugweste, in der seine Uhr steckte, lag unter Erikas Kittel, der sich mitten im Zimmer wie eine hellblaue Wasserlache ausbreitete. Auf dem Kittel, und damit auf der Weste, lagen ihre Schuhe. Unwillkürlich drückte er die Lippen zusammen, stieß sogar ein kleines Hüsteln aus, denn zum ersten Mal fiel ihm auf, wie hässlich ihre Schuhe waren: Sie hatten die Farbe eines Heftpflasters, das nicht mehr frisch war, und erinnerten mit ihrem klobigen Schnitt, der eher rechteckig als rund war, an Spezialanfertigungen für Fußgeschädigte.

– Die Uhr steckt in der Weste … Hoffentlich ist sie nicht zu Bruch gegangen. Es ist ein empfindliches Stück …

Er zog die Uhr unter den Schuhen hervor und ließ den Deckel aufschnappen.

– Gott sei Dank … Sie scheint heil geblieben zu sein.

Erika hatte die Hände unter dem Kopf verschränkt, sodass rechts und links neben ihrem Gesicht die angewinkelten Arme in die Höhe ragten und sich das Achselhaar in dunklen Büscheln neben ihren Ohren kräuselte.

– Sag … Wie viel Uhr ist es?

– Wir haben großes Glück gehabt. Die Uhr lag unter deinen schweren Schuhen … Das gefällt mir nicht, wir müssen besser aufpassen …

– Wie spät ist es?

– Zwanzig vor acht.

– Was?!

Sie fuhr hoch.

– Das gibt's doch nicht! Zwanzig vor acht?

– Ja. Was ist denn?

Sie schlug auf das Kopfkissen: *Was ist denn?* Zu spät ist es! Viel zu spät!

Sie fegte die Decke beiseite und schwang sich aus dem Bett.

– Nun beruhig dich doch …

– Verdammt! Ich darf mir keine Verspätung erlauben – nicht die kleinste! Wenn ich erwischt werde, auch nur ein einziges Mal …

Er drückte den Uhrdeckel zu und ließ die Kette zwischen Daumen und Zeigefinger hindurchgleiten.

– Ach … Das ist doch nicht so schlimm. Was heißt schon Verspätung? Hier oben gibt's ja überhaupt keine Verspätung.

– Was? Wieso?

– Nun ja, die Uhren werden doch ständig hin- und hergedreht. Mal vor und mal zurück, mal am Morgen und mal am Abend …

– Du redest ein Zeug zusammen!

Sie kleidete sich mit fliegenden Händen an. Was zwischen ihr und Neise gewesen war, hatte sich in eine berufliche Pflichtverletzung verwandelt – nichts sonst blieb übrig. Das Waschbecken schlecht zu säubern, die Vase beim Staubwischen umzustoßen, sich mit einem Passagier auf der Couch einzulassen: Es war alles das Gleiche.

Er stand nackt neben ihr und gab sich Mühe, nicht den Eindruck zu erwecken, als schaue er ihr bloß zu. Las ihren Rock vom Boden auf und strich ihn glatt, reichte ihr die Schuhe entgegen, ohne sich anmerken zu lassen, was er über sie dachte …

– Wann sehen wir uns wieder?, fragte sie.

– Ich weiß nicht. Wann hast du Zeit? Vielleicht morgen früh, wenn du mein Zimmer machst?

– Ja. Gute Idee! Von neun bis elf bin ich in den Kabinen. Bei deiner komme ich gegen zehn an.

Auf dem Weg zur Tür drückte Erika das Spitzenhäubchen in ihr Haar, wodurch sie sich vollends von der Liebhaberin in das Zimmermädchen zurückverwandelte. In Gedanken bei dem vielen, das noch zu tun war, umfasste sie seine Schultern und küsste ihn streifend auf den Mund; dann huschte sie nach draußen.

Am frühen Abend saß er im Lesesalon, hielt sein Buch aufgeschlagen in der Hand und las keine Zeile. Der Zustand der Verliebtheit hatte sich verflüchtigt – so rasch und ohne Rest, dass selbst er darüber erstaunt war. Alles, was er an Empfindungen für Erika besessen hatte – aber sollte er es wirklich Empfindungen nennen? –, war verschwunden. Die körperliche Angelegenheit hatte sich erledigt; Erschöpfung und Überdruss beherrschten das Feld. Für die nächsten paar Stunden hatte er keinen Wunsch, als im Sessel zu sitzen und sich von der Gefühlsüberanstrengung dieses Tages zu erholen.

Schon am Morgen, noch unter dem frischen Eindruck

der ersten Begegnung, hatte er sich ja gefragt, was sie denn eigentlich besitze, das ihn so … Jetzt, mit dem ernüchternden Abstand von ein paar Stunden, war es ihm vollends rätselhaft. Er konnte nicht glauben, dass sie ihm unter gewöhnlichen Umständen, etwa wenn er sie als Putzfrau auf einem der Flure im Ministerium gesehen hätte, überhaupt aufgefallen wäre. Noch unglaubwürdiger war, dass sie ihn körperlich oder sonst wie angezogen hätte – im Gegenteil, sie hätte ihn wohl sogar abgestoßen. In seinem bisherigen Leben war er immer so wählerisch gewesen, wie er es sich, gemessen an dem, was er selbst zu bieten hatte, gerade noch leisten konnte, war schon aus sportlicher Eitelkeit nie unter den Möglichkeiten geblieben, die er nun einmal besaß. Dass er sich je mit einer Frau vom Schlage Erikas abgegeben hätte – undenkbar …

Zwar wäre es ihm im Traum nicht eingefallen zu moralisieren; er hatte keine Einwände, wenn Frauen einigermaßen leicht, ohne unverhältnismäßige Anstrengungen zu haben waren; als praktischer Mensch, der in den meisten Dingen, und auch was Frauen anging, ökonomisch dachte, wusste er es zu schätzen, wenn ihm konventionelle Verzögerungen, heuchlerischer Zeitaufwand erspart blieben. Aber – was Erika sich geleistet hatte, das war dann doch zu weit gegangen! Man konnte sich kaum vorstellen, wie sie *noch* schneller hätte nachgeben sollen! Wahrscheinlich legte sie jedem Mann, den sie in einer Kabine traf und mit dessen Körper sie nur halbwegs etwas anfangen konnte, binnen weniger Minuten eine Praline auf das Kopfkissen und sich selbst daneben.

Er klappte sein Buch zu, ließ die Finger auf dem Deckel umherwandern wie fahrige Gedanken ... Selbst wenn Erika die hohen Anforderungen, die er an Frauen zu stellen gewöhnt war, erfüllt hätte, wäre es doch nicht klug gewesen, sich näher mit ihr einzulassen. Er konnte hier oben keine Liaison gebrauchen – sie hätte seine Freiheit in Gefahr gebracht! Immerhin wäre er ja gezwungen gewesen, jeden Tag ein paar Stunden mit Erika zu verbringen, hätte bei der Einteilung seiner Zeit, bei der Planung seines Nichtstuns, bei der Verwaltung seiner Leere immer wieder auf sie und ihre unberechenbaren Wünsche Rücksicht nehmen müssen. Das Schönste, was das Bordleben zu bieten hatte, der freie Fall in die Zeit, wäre zu Ende gewesen ...

Solche Sorgen waren ihm auch auf der Erde nicht fremd. Immer wieder stellte er fest, dass ihm Frauen, selbst wenn sie ihn noch so sehr anzogen – oder vielmehr gerade dann –, eine nervöse Unruhe einflößten, denn sie hätten seiner Ungebundenheit, dem kühlen Vergnügen, an nichts zu hängen, gefährlich werden können. Daher suchte und fand er nie anderes als vorsichtige Halbbeziehungen, achtete mit Umsicht darauf, dass sie nicht zu lange hielten, von Anfang bis Ende im Fragwürdigen und Deutbaren blieben. Wenn sie begannen, stand ihnen nicht viel bevor, und wenn sie abbrachen, war selbst er überrascht, wie wenig es doch gab, das da abbrach. Sobald sie drohten, ihm aus der Hand zu geraten, zu etwas beunruhigend Konturenklarem zu gerinnen, versetzte er ihnen einen Schlag, der ausreichte.

Am nächsten Morgen zwischen zehn und halb elf saß er, statt Erika in seiner Kabine zu erwarten, im Lesesalon, ließ sich tief in den Sessel sinken und versteckte den Kopf hinter einer Zeitung, als könne sie jeden Augenblick die Salontür öffnen und nach ihm Ausschau halten.

Sie noch einmal zu treffen, hielt er für überflüssig. Warum hätte er es sich antun sollen, ein Gespräch mit ihr zu führen, die üblichen und qualvollen Erklärungen aneinanderzureihen? Nach der Aufregung von gestern wollte er sich erholen, und ein Gespräch mit ihr wäre das Anstrengendste und Erholungsfeindlichste gewesen, das er sich nur denken konnte. Wahrscheinlich hätte sie getan, was Frauen in solchen Situationen immer taten – sie hätte ihn nach seinen »Gründen« gefragt. Das war ihm in seinem Leben schon mehr als einmal passiert – oder jedenfalls hatte er schon mehr als einmal davon gehört. Und was hätte er ihr antworten sollen? Die wirklichen »Gründe«, das stand fest, konnte er ihr nicht nennen; denn unintelligent, wie sie war, hätte sie sie nicht einmal verstanden, oder zumindest einige Feinheiten nicht, ein paar anspruchsvollere, ins Psychologische abbiegende Gedanken, auf die es aber gerade ankam … Außerdem war er ihr, was immer sie auch selbst darüber denken mochte, keine Rechenschaft schuldig. Im Grunde war ja gar nichts weiter zwischen ihnen gewesen – das wenige, was sich abgespielt hatte, konnte man nicht ernst nehmen, nein, dafür gab es beim besten Willen nichts her. Sie standen einander, alles in allem, so fremd gegenüber, als hätten sie sich nie gesehen.

Er richtete den Ablauf seiner Tage so ein, dass ein Zusammentreffen mit Erika nach menschlicher Voraussicht unmöglich wurde. Am Vormittag und am frühen Abend, wenn sie die Kabinen aufräumte, hielt er sich in den Salons versteckt, wagte nicht einmal, von einem Salon in den anderen zu wechseln, weil er fürchtete, ihr auf dem Gang in die Arme zu laufen. Auch zu den übrigen Zeiten des Tages, wenn die Luft rein war, blieb ein mulmiges Gefühl in ihm lebendig, und er wahrte gewisse Vorsichtsmaßregeln. In der Kabine achtete er darauf, immer den Riegel geschlossen zu halten, horchte von Zeit zu Zeit nach draußen, ob nicht verdächtige Geräusche auf dem Gang zu hören seien, und nahm sich vor, selbst bei Sturmklopfen nicht zu öffnen. Wenn er die Kabine verließ, gleich zu welcher Stunde, warf er zunächst prüfende Blicke nach rechts und links, ging dann mit gesenktem Kopf und zügigen Schrittes in einen der Salons und zog energisch die Tür hinter sich zu.

Im Laufe der Zeit wurde er gelassener, denn das Damoklesschwert, sie jederzeit irgendwo treffen zu können, fiel und fiel nicht auf ihn herab. Er vergaß Erika zuerst für Stunden, dann für halbe Tage und ganze Nächte. Die Beschränkungen, die er sich auferlegte, um ein Zusammenprallen mit ihr zu vermeiden, begannen ihm fast schon Vergnügen zu machen. Das hastige Gehen auf dem Flur mit gesenktem Blick wurde ihm zur lieben Gewohnheit, als sei er in seinem Leben nie anders gegangen und werde auch in Zukunft nie anders gehen. Immer öfter kam es vor, dass er den Riegel seiner Tür zuschob, ohne sich dessen auch nur bewusst zu sein. Es gelang ihm wieder, auf der Couch zu sitzen oder sich vor dem Spiegel seinem Äußeren zu widmen, ohne beklommen darüber nachzudenken, wie es wäre, wenn jenseits der Tür eine aufgeregte Frauenstimme seinen Namen riefe. Hätte ihn jemand gefragt: »Warum bist du am Vormittag zwischen neun und elf und dann wieder am Abend zwischen fünf und sieben nie in deiner Kabine?« – die Antwort hätte ihm einen Augenblick des Nachdenkens abverlangt. Er vergaß Erika und tat weiterhin alles, um ihr nicht zu begegnen.

9

Die Beschäftigungen, die Neises Tage mit Inhalt füllten, waren zwar nicht zahlreich, ließen sich an den Fingern einer Hand abzählen, doch dafür kostete er sie nach Kräften aus, gewann ihnen alles ab, was er ihnen vernünftigerweise und darüber hinaus abgewinnen konnte. Er entwickelte sich zum Virtuosen der Wiederholung, und nie hatte er das Gefühl, von seiner Zeit keinen guten Gebrauch zu machen. Zwar ließ es sich manchmal nicht vermeiden, dass er Mühe hatte, über die eine oder andere flügellahme Stunde hinwegzukommen; doch das änderte nichts daran, dass er abends im Bett, wenn er nicht einschlafen konnte und Rückschau hielt, immer wieder das Gefühl hatte, einen bis zum Überborden gefüllten Tag verbracht zu haben. Manchmal wunderte er sich sogar, wie es möglich sei, an einem einzigen Tag so viel zu tun und zu erleben, und das auf so wenig Raum, gerade einmal in drei oder vier Salons und einer Kabine!

Die Uhrzeit büßte jede Bedeutung ein. Neise hatte seinen Reisewecker dauerhaft im Koffer verstaut – da er ihn schon seit Tagen nicht mehr aufzog, gab es keinen vernünftigen Grund, ihn auf der Nachtkonsole stehen zu lassen. Die beiden Taschenuhren blieben ebenfalls unaufgezogen und dienten nur noch dem Zweck, die Weste seines Anzugs zu schmücken; insofern waren sie aber nach wie vor bedeutungsvoll, behaupteten sich als seine teuersten und vornehmsten Spielzeuge, die er sich von niemandem wegnehmen ließ, nicht einmal von sich selbst.

Auch ohne Uhr war es möglich, im Geplätscher des Schiffsalltags mühelos zurechtzukommen. Es gab keinerlei Verpflichtungen einzuhalten, und erst recht keine, die mit festen Zeiten verknüpft gewesen wären. Im Speisesaal etwa brauchte man nicht pünktlich zu erscheinen: Zwar begann das Mittagessen noch immer um halb eins, doch manche Passagiere setzten sich bereits um zwölf zu Tisch, andere erst um halb zwei oder noch später – und alle wurden bedient. Die fünf Uhren ließen noch immer ihr stündliches Konzert aus Gongschlägen ertönen, doch niemand hörte mehr hin.

Auch für die Wochentage interessierte Neise sich kaum noch, drohte den Überblick über sie zu verlieren und legte keinen Wert darauf, ihn zu behalten. Ausdrücke wie »Montag« oder »Donnerstag« nahmen in seinen Ohren einen nicht weniger brüchigen Klang an als »zwanzig nach vier«. Welche Bedeutung solche Worte für das zerfließende Leben, das er hier oben führte, noch haben sollten, konnte er nicht einsehen, und es fiel ihm nicht einmal auf, dass sie aus seinem Wortschatz verschwanden.

Jeden Tag verbrachte er mehrere Stunden mit Zeitungslektüre. Im Salon lagen sieben deutsche, drei englische und zwei französische Blätter aus. Die deutschen datierten vom Tag des Abflugs, die ausländischen waren noch ein wenig älter, was aber nicht ins Gewicht fiel, denn nach so vielen Reisetagen waren alle unrettbar überholt. Selbst wenn sie drei Jahre alt gewesen wären, hätten sie nicht noch abgestandener sein können. Die weite Entfernung von Deutschland, Frankreich und England erhöhte die Geschwindigkeit, mit der sie alterten, und ließ sie schon ab dem zweiten Tag zu historischen Ausgaben werden.

Neise studierte die Zeitungen regelmäßig und ausgiebig. Mitunter las er ein und denselben Artikel mehrmals, zuerst am Morgen, dann am Abend und schließlich noch einmal am nächsten Tag, und immer mit gleich großem Interesse oder Desinteresse. Sein Lieblingsblatt waren die ›Münchener Neuesten Nachrichten‹, die er, als Berliner, bisher nur dem Namen nach gekannt hatte und deren bayerisches Kolorit ihn zum Schmunzeln brachte. Er las in ihnen alles – von den Leitartikeln über die Sportberichte bis zu den Wetteraussichten für Bayern. Auch in denjenigen Zeitungen, die ihn weniger interessierten, kannte er bald die Schlagzeilen und etliche sonstige Überschriften, auch die ersten Sätze mancher Artikel auswendig.

Im Feuilleton der ›Neuen Zürcher Zeitung‹ war ein Roman in Fortsetzungen abgedruckt. Es ärgerte ihn, dass er die vorangegangenen Folgen nicht kannte und dass ihm auch die späteren notgedrungen entgehen würden. Lediglich eine einzige Folge zu lesen, war mühselig und unbefriedigend – immer wieder traten Personen auf, die er nicht kannte, und sagten Dinge, die er nicht verstand. Dennoch las er die eine ihm zugängliche Folge immer wieder. Er dachte über sie nach, ohne im Ernst zu hoffen, es könne zu etwas führen, über sie nachzudenken, und versuchte sie wenigstens teilweise, in halben Absätzen, tastend und spekulierend zu verstehen – ohne Erfolg. Es gab nur eine Möglichkeit, aus dieser Sackgasse hinauszugelangen: Er musste sich, wenn die Reise einmal zu Ende gehen würde, den Roman als Buch kaufen. Allerdings wusste er, dass er gerade dies nicht tun würde. Die Kostprobe, die er durch Zufall in die Hände bekommen hatte, schien ihm zwar nicht schlecht, doch auch nicht gut, sie interessierte ihn lediglich um ihrer Bruchstückhaftigkeit willen; der Reiz, den die restlichen Teile auf ihn ausübten, beruhte allein darauf, dass er sie nicht kannte, nicht kennen konnte; sobald er das Buch als Ganzes in Händen halten würde, hätte er keinen Grund mehr, es aufzuschlagen.

Neise aß gut. In seinem Berliner Leben hatte er sich meist mit Junggesellenkost und dem stur-trivialen Angebot der Kantine im Ministerium zufriedengegeben. Zwar war ihm bewusst gewesen, dass er ein nicht gerade hochentwickeltes Verhältnis zum Essen hatte; man brauchte ihm nicht zu erklären, dass Bockwürstchen mit Kartoffelsalat ein einfaches Gericht waren; dennoch aß er immer wieder Bockwürstchen mit Kartoffelsalat und fühlte sich wohl dabei. An Bord dachte er um, wurde von heute auf morgen zu einem wenn auch ungeschulten Feinschmecker. Da die Mahlzeiten viele Stunden des Tages in Anspruch nahmen, wäre es unklug, eine Vergeudung wertvoller Vergnügungsmöglichkeiten gewesen, sie nicht nach Herzenslust auszukosten. Oft war der erste Gedanke, der ihm morgens beim Erwachen kam, der an die ofenwarmen Sesambrötchen, die im Speisesaal auf ihn warteten und zu denen er – dies sein zweiter Gedanke – Lachs in Honigsauce essen würde. Mittags wie abends trank er kostspielige Weine, gönnte sich ein Gläschen Porto vorneweg, schlürfte zwischen den Gängen türkischen Mokka, krönte den Nachtisch mit Champagner und unterstützte die Verdauung mit Schnaps. Hätte er im Speisesaal an die Bockwürstchen mit Kartoffelsalat zurückgedacht – was er allerdings nicht tat –, wäre er selbstironisch geworden.

Die Stimmung an Bord wurde geräuschvoller. Die Passagiere streiften ihre bürgerliche Gemessenheit ab, hielten es für zulässig und wohltuend, bis auf Weiteres ihre Manieren zu lockern. Anklänge an die Atmosphäre eines Schulausflugs wurden deutlicher. Wenn es in den Salons zu Anfang selbstverständlich gewesen war, mitteleuropäisch gedämpft zu sprechen, musste man inzwischen die Stimme heben, um seinen Tischnachbarn das Zuhören zu erleichtern, wenn nicht zu ermöglichen. Wer ein kräftiges Organ besaß, war im Vorteil. Dass man schon nach dem Frühstück eine ermüdete und angeraute Stimme hatte, die man bis zur nächsten Mahlzeit dringend schonen musste, wozu man aber leider nicht kommen würde, war normal.

Die Spieltische blieben nie mehr leer. Es gab Passagiere, die gleich nach dem Frühstück das Bedürfnis hatten, eine Partie Doppelkopf oder Backgammon zu spielen, und bei denen sich dieses Bedürfnis bis in die späten Abendstunden erhielt. Grau-versteifte Herren, die seit vielen Jahren keinen Würfel mehr in der Hand gehalten hatten, verwandelten sich an Bord in enthusiasmierte Mensch-ärgere-dich-nicht-Spieler, freuten sich wie kleine Kinder, wenn sie bei einer Partie Fang-den-Hut gewannen, und warfen mit gebleckten Zähnen den Kopf zurück, wenn sie beim Halma verloren.

Seit kurzem hatte es sich eingebürgert, die Spieltische zu »reservieren«, indem man Tücher oder Jacken über die Stuhllehnen und Tischplatten legte. Fast immer geschah dies am frühesten Morgen, wenn die meisten Passagiere noch schliefen und lange bevor jemand auf die Idee kam, sich im Roten Salon niederzulassen. Es war mit Händen zu greifen, dass manche Gäste im Morgengrauen aufstanden, einen Spieltisch reservierten und sich wieder zu Bett legten. Oft blieben die Reservierungen bis zum Mittag oder noch länger bestehen, ohne dass die Besitzer der Tücher oder Jacken sich blicken ließen. Einmal trat die äußerste Steigerung ein: Sämtliche Spieltische waren vom frühen Morgen bis zum späten Abend reserviert und leer. Kaum ein Passagier, der daran nicht Anstoß genommen, ärgerliche bis sarkastische Bemerkungen gemacht, anhand der ausgelegten Kleidungsstücke herauszufinden versucht hätte, wer denn wohl so unverschämt sein mochte ... Dennoch war niemand bereit, die Tücher und Jacken beiseite zu legen, ihren Besitzern das Vorrecht, auf das sie keinen Wert legten, streitig zu machen: Man war sich einig, dass dies zu weit gegangen wäre, denn es gab nun einmal gewisse Regeln des Zusammenlebens, über die man sich nicht hinwegsetzen durfte.

Salut d'Amour spielte neuerdings auch am Vormittag. Sobald sich das Bordleben nach dem Frühstück vom Speisesaal in den Roten Salon verlagerte, begannen die vier ihre erste Schicht. Zwar blieb es dabei, dass die Gäste der Musik nicht viel Aufmerksamkeit schenkten, sie für eine hübsche Dekoration wie die Palmen hielten; gerade in dieser Eigenschaft aber war sie ihnen willkommen, so wie sie es ja auch zu schätzen wussten, schon am Morgen unter Palmen zu sitzen.

Den ganzen Tag hindurch zu spielen, lediglich am Mittag und am Abend, wenn die Passagiere aßen, eine Pause einlegen zu dürfen, forderte den Musikern viel ab. Obwohl sie Routiniers waren und über beträchtliche Stehkraft verfügten, setzte ihnen der Dauereinsatz zu, zeigten sie nach einiger Zeit Symptome von geistiger und körperlicher Auslaugung. Ihr Spiel verlor an Frische und Beschwingtheit, wurde monoton und schleppend, manche Effekte wirkten lahm und gar nicht mehr wie Effekte. Die Körperwindungen des Geigers büßten ihre Feurigkeit ein, bekamen etwas Schlaffes und gegen Widerstände Erkämpftes.

Erst nur gelegentlich, dann häufiger kam es vor, dass sich einer der Musiker eine irreguläre Pause gönnte und aus dem Salon verschwand, während seine Kollegen weiterspielten. Die Passagiere nahmen diese Ausflüge nicht übel, brachten sogar Verständnis bis hin zur Sympathie für sie auf: Sie waren sich darüber im Klaren, dass die Musiker überlastet waren, und billigten ihnen das Recht zu, sich mit kleinen Tricks zu behelfen. Eines Abends, als die Musiker schon seit elf oder zwölf Stunden auf der Empore schufteten, leisteten sie sich mehr als sonst: Gleich drei von ihnen stahlen sich weg; nur der Pianist blieb an seinem Platz und bemühte sich in der Rolle des Alleinunterhalters. Diesmal gab es Passagiere, denen die Sache, bei aller Großzügigkeit, dann doch zu weit ging: Sie ließen den Oberkellner kommen und beschwerten sich. Ein Steward wurde losgeschickt, um die drei Verschwundenen zu suchen; bereits nach einer halben Minute führte er sie in den Salon zurück wie Schulkinder, die nicht sehr erfolgreich ausgerissen waren. Die Passagiere zeigten sich souverän, riefen in freundlich-ironischem Ton »Ohooo!« und »Ahaaa!«, und zum ersten Mal auf dieser Reise spendeten sie einen kräftigen Applaus.

Klatsch: Ein dunkelhäutiger Mann, der »als gesuchter Vergewaltiger und Mörder an die amerikanische Justiz überführt« werde, befinde sich im Gepäckraum in einem Käfig; zweimal täglich bringe ihm ein Botenjunge »einen Napf mit dem, was in der Küche übrig bleibt«. Eine alleinstehende Dame aus Hildesheim sei »Schwerstalkoholikerin« – in den Salons vor aller Augen trinke sie immer nur Mineralwasser, sobald sich jedoch die Kabinentür hinter ihr schließe – und das tue sie auffallend oft –, »leere sie Flasche um Flasche«. Der kleinbürgerliche Mann habe im Roten Salon einen Schwermutsanfall erlitten, bei dem er »von Weinkrämpfen geschüttelt« worden sei und »Verwünschungen gegen seine einfache Herkunft« ausgestoßen habe; die Ehefrau habe ihn am Arm genommen und »wie ein heulendes Kind« in die Kabine geführt.

Eines Nachts zwischen zwei und halb drei wurde der Gesandte dabei beobachtet, wie er »aus einer fremden Kabine kam, sich nervös nach allen Seiten umsah und mit der Hand an seinem Hosenbund nestelte«. Wer ihn beobachtet hatte, ließ sich nicht klären, war aber auch nicht wichtig; etwas anderes dagegen, das sich ebenfalls nicht klären ließ, hätte nicht wichtiger sein können: Aus welcher Tür war der Gesandte gekommen?

Die Mehrheit der Passagiere verfocht die Ansicht, es habe sich um die Tür einer jungen Russin gehandelt, Alexandra Schischikov, die einen prominenten Status an Bord besaß, denn sie war »zugegebenermaßen sehr hübsch« und »kleidete sich fast schon unverschämt, vor allem gestern Abend, da war sie so gut wie nackt«. Die Minderheit hielt dagegen, der Gesandte sei aus der Kabine der jüngeren der beiden trauernden Schwestern gekommen, Anita Mörksen, »Tochter eines reichen schwedischen Porzellanfabrikanten«, der vor kurzem gestorben war, »eine schlimme Geschichte«, »angeblich Selbstmord«, »angeblich Tuberkulose«, »angeblich …«.

Beide Lager konnten ihre Theorien mit zahlreichen und überzeugenden Gründen belegen. Die Mörksen-Partei führte als Stärkstes ins Feld, es gebe Passagiere, die vor einigen Tagen beobachtet hätten, wie der Gesandte beim Betreten des Speisesaals am Tisch der trauernden Mörksens vorübergegangen sei und aus kürzester Entfernung einen lächelnden Blick auf Anita geworfen habe. Damit sei klar, dass ein Einverständnis zwischen den beiden bestehe, denn andernfalls wäre der Blick eine ungeheure Taktlosigkeit gewesen, die Verhöhnung einer ganzen Familie in Trauer, und dies hätte sich der Gesandte, der die gesellschaftlichen Formen so meisterlich beherrschte, auf keinen Fall erlaubt! Das Einverständnis zeigte sich auch daran, dass Anita, ohne den Blick des Gesandten zu erwidern, ja scheinbar ohne ihn auch nur zu bemerken, auf ihren Teller gesehen habe. Etwas noch Unglaubwürdigeres konnte es nicht geben: Eine große Zahl von Gästen, der halbe Speisesaal hatte den Blick beobachtet, und ausgerechnet die, der er galt und die auch sonst dadurch auffiel, dass sie »sich umschaute« und »es mit der Trauer nicht allzu ernst nahm«, wollte ihn übersehen haben?

Die Schischikov-Partei konnte diese Beweise zwar nicht widerlegen, ließ sich von ihnen aber auch nicht beeindrucken. Dass der Gesandte aus der Tür Alexandras und aus keiner sonst gekommen war, folgerte sie aus einer ebenso einfachen wie bezwingenden Tatsache: Alexandra und der Gesandte hatten, wie zahlreiche Passagiere bestätigten, seit Beginn der Reise nie auch nur einen einzigen Blick gewechselt. Da es nun aber unbestritten war, dass an Bord jeder jeden früher oder später einmal in Augenschein nahm, schon wegen der beengten räumlichen Verhältnisse schier gar nicht anders konnte, bewies die vollkommene Blicklosigkeit, die zwischen Alexandra und dem Gesandten herrschte, zwingend ein »Verhältnis«. Und nicht nur das: Die beiden hatten sogar eine »tiefe Beziehung«, die über ein oberflächliches Abenteuer, auf das es Alexandra in ihrer lebenslustigen Art zunächst wohl abgesehen haben mochte, weit hinausging. Dafür sprach wiederum die große Diskretion, mit der die beiden vorgingen: Offenkundig wollten sie ihre Liebe, gerade weil es ihnen ernst mit ihr war, vor den Mitpassagieren geheim halten, empfanden die Vorstellung als unerträglich, sie dem allgemeinen Geklatsche auszusetzen und mit tausend Bordhistörchen, von den Ausschweifungen der Dame aus Hildesheim bis zu dem Schwermutsanfall des Kleinbürgers, degradierend in einem Atemzug genannt zu hören.

Keine der beiden Parteien konnte die Angelegenheit als erledigt ansehen, denn es wirkte immerhin störend, dass nebeneinander zwei Beweisketten existierten, die unwiderlegbar waren und zu unterschiedlichen Ergebnissen führten. Man feilte an der eigenen Theorie herum, stattete sie mit Einzelheiten, Absicherungen, Varianten aus, bemühte sich, Anhänger des jeweils anderen Lagers auf die eigene Seite zu ziehen, und konnte auch dann und wann Erfolge erzielen, die jedoch immer wieder zunichtegemacht wurden, denn die andere Seite erzielte die gleichen Erfolge.

Es wurde als wohltuend empfunden, als ein schon gar nicht mehr erhoffter, neue Gerüchtewelten eröffnender Befreiungsschlag, als eine dritte Partei entstand. Sie setzte sich aus Abtrünnigen der beiden bestehenden zusammen und behauptete, der Gesandte sei in Wahrheit aus der Tür einer Österreicherin namens Johanna-Maria gekommen. Kaum jemand hatte die etwa Fünfunddreißigjährige bisher beachtet, nicht einmal ihr Nachname ließ sich in der ersten Überraschung klären; man wusste nur, dass sie ein unauffälliges Bordleben führte und die meiste Zeit des Tages schweigend in irgendwelchen Salonecken saß. Jetzt zerrte man sie aus ihrer Unauffälligkeit in den Mittelpunkt des Geschwätzes, überschüttete sie mit hektischem Interesse, entwickelte Theorien, Einzelheiten, Absicherungen, Varianten …

In zügiger Folge entstand eine vierte Partei, eine fünfte, eine sechste. Jede Frau, die nur halbwegs in Frage kam, oder die auch überhaupt nicht in Frage kam, sah sich für kurze Zeit dem Verdacht ausgesetzt, sie habe »dem Herrn Gesandten die Tür aufgemacht«. Zur Abrundung kam die Theorie auf und fand Zulauf aus mehreren Lagern, der Gesandte sei in Wahrheit – aus seiner eigenen Tür gekommen. In der Tat ließ sich nicht bestreiten, dass die Kabine des Gesandten nahe bei der Alexandras und Anitas, auch nicht weit von der Johanna-Marias und einiger anderer Frauen lag; Verwechslungen waren daher durchaus möglich, bei den schlechten Lichtverhältnissen in der Nacht sogar unvermeidlich.

Die Streitgespräche wurden nach und nach zäh, hatten kaum noch etwas Entspanntes und Gutgelauntes, den Tag leicht und amüsant Machendes. Neue Lager entstanden immer seltener, aber wie hätten sie auch noch entstehen sollen, da ja die Zahl der Frauen begrenzt war. Dass man »die ganze Wahrheit« über die Kabinentürfrage niemals in Erfahrung bringen werde, war eine Möglichkeit, über die immer offener, hier und da sogar mit einer Beimischung von Selbstironie gesprochen wurde. Was die Sache nicht besser machte: Die vielen Theorien, die im Umlauf waren, bildeten eine so große Masse von Gedanken, dass es immer schwieriger wurde, sich in ihr noch zurechtzufinden.

Früher hatte man mit den Theorien gespielt, jetzt kämpfte man gegen sie. Ein Gefühl von Überforderung und Aussichtslosigkeit kam auf – die bloße Erwähnung des Wortes »der Gesandte«, mit der man sich tagelang die elektrisierte Aufmerksamkeit jedes beliebigen Passagiers hatte sichern können, löste Weghören aus.

Neue Gerüchte entstanden, verdrängten den Gesandten und die Kabinentür aus den Köpfen. Jedes Gerücht durchschritt den immer gleichen Zyklus von raschem Aufstieg, kurzem Höhepunkt und zügigem Niedergang. Die Gerüchte nahmen überhand und machten der Wirklichkeit den Rang streitig. Man sprach kaum noch über etwas anderes als über Gerüchte – die Folge war, dass alles, worüber man sprach, den Anschein des Gerüchts erhielt. Jede noch so schlichte und eindeutige Feststellung, die nichts als eine schlichte und eindeutige Feststellung sein wollte, wurde für Klatscherei gehalten und nahm den Charakter des vielsagend Hintergründigen, mit Anspielungen Durchsetzten, von Nebenbedeutungen Schwangeren an.

Eines Nachmittags offenbarte sich vor aller Augen eine Liaison zwischen Johanna-Maria und Doktor Großmenges. Beide saßen Sessel an Sessel im Roten Salon und streichelten einander die Handrücken; später gingen sie, wie um jede Ungewissheit auszuräumen und landläufigen Vorstellungen über das Verhalten von Liebespaaren in jeder Einzelheit gerecht zu werden, Arm in Arm über den Kabinenflur und blickten dabei beseligt vor sich hin. Dennoch gab es Passagiere, und mehr als nur ein paar wenige, die sich nicht bereit fanden, das offen zu Tage Liegende anzuerkennen: Sie behaupteten, die beiden täuschten, warum auch immer, ihre Verliebtheit nur vor, hätten eine ganz gewöhnliche Ferienbekanntschaft geschlossen, ja, stünden einander sogar kühl gegenüber.

Der Umgang unter den Passagieren verlor seine wohlwollende Urlaubsnettigkeit. Gepflegte Unterhaltungen über angenehme und niemanden weiter berührende Dinge – also sämtliche Unterhaltungen – konnten von jetzt auf gleich etwas unterschwellig Verkrampftes, ohne Grund Ärgerliches bekommen. Ein unliebenswürdiger Unterton, den man bisher nur aus dem Mund des Berliners hatte hören müssen, schlich sich auch bei anderen ein, wurde für normal und menschlich-verständlich gehalten. Die Fähigkeit, kleine Misslichkeiten, wie jeder Tag sie mit sich bringt und wie sie auch hier oben nicht immer zu vermeiden waren, gelassen zu ertragen, nahm ab. Aggressivität sickerte ein. Die Haut wurde dünner.

Im Lesesalon kam es zum Streit um Geräusche. Verstöße gegen die Regel, sich still zu verhalten, waren bisher äußerst selten gewesen, und die Passagiere hatten ihnen, eben darum, keinerlei Beachtung geschenkt. Neuerdings waren sie noch immer äußerst selten, lösten aber gereizte Reaktionen aus. Winzige Geräusche, die in ein normal beschäftigtes Bewusstsein kaum eindringen, geschweige denn in eines, das durch Lesen absorbiert ist, wurden als Störungen empfunden, die man sich auf keinen Fall bieten lassen konnte. Wer den Fehler beging, sich beim Kellner mit nicht ganz abgedämpfter Stimme eine Tasse Tee zu bestellen, erregte den Unwillen seiner Sesselnachbarn. Wer sein Buch nach beendeter Lektüre mit einem gewissen Nachdruck zuklappte, fing sich Blicke ein, die er so bald nicht vergessen würde. Die meisten Passagiere betrachteten den Lesesalon als einen Ort, an dem es vor allem darauf ankam, Geräusche zu vermeiden.

Verwandtes im Speisesaal. Das Essen war nach wie vor ausgezeichnet, wurde aber jetzt niedermachend kritisiert. Es kam vor, dass Passagiere bestimmte Gerichte, nachdem sie nur einen ersten Blick auf sie geworfen hatten, unter ärgerlichem Kopfschütteln wie Zumutungen von sich wegschoben. Die Pfeffer- und Salzstreuer auf den Tischen verwandelten sich in häufig benutzte Requisiten für theatralische Szenen: Manchen Passagieren bereitete es Freude, Gerichte ausgiebig und unter heftigem Kopfschütteln nachzuwürzen. Wenn der Kellner ein zu weich gekochtes Frühstücksei servierte, erklärte man ihm, man habe, solange man denken könne, noch nie ein derart wässeriges Ei vorgesetzt bekommen, er solle es wieder mitnehmen und dem Koch einen schönen Gruß bestellen: Dieses Ei dürfe er selbst essen, man wünsche Guten Appetit!

Das Borddasein mit seinen komfortablen wie mühsamen Seiten machte zu schaffen. Man lebte von morgens bis abends im Sitzen oder Liegen. Sich körperlich zu betätigen, war so gut wie ausgeschlossen – nicht einmal ein Promenadendeck für kürzeste Spaziergänge stand zur Verfügung. Der Mangel an frischer Luft, dem man durch gelegentliches Öffnen der Kabinenfenster kaum abhelfen konnte, machte den Kopf dumpf. Eine Kette aus alles andere als dürftigen Haupt- und Zwischenmahlzeiten schlängelte sich durch den Tag und ließ die Verdauungsorgane nie zur Ruhe kommen. Viele nutzten die Pausen nach dem Essen zu schwerem Rauchen. Man hielt sich immer in denselben Salons auf und spulte immer dieselben Beschäftigungen ab. Der Blick aus dem Fenster bot das immer gleiche Bild leeren Himmels und Meeres. Man lebte mit fünfundsechzig anderen Passagieren auf abgestecktem Raum beisammen, musste sich rund um die Uhr als wohlfunktionierendes, zu hundert Rücksichtnahmen und Selbstbeschneidungen bereites Gesellschaftswesen bewähren. Die Versuchung, auf Stunden oder halbe Tage in die vier Wände der eigenen Kabine zu flüchten, war naheliegend und führte doch zu nichts: Von einem Augenblick auf den anderen fand man sich in zellenartiger Enge wieder, war jeder Ablenkung entzogen und auf die eigene Mitte verwiesen, hörte in sich lauter Fragen und Unsicherheiten, auf die man keine Antwort wusste.

Die Mörksens setzten ihr Trauerleben mit fehlerloser Konsequenz fort. Sie trauerten, wie man eine Aufgabe erfüllt, von deren gutem Sinn man überzeugt ist und außer der man keine andere hat. Wenn man Anitas Seitenblicke und ihr Verhältnis zu dem Gesandten außer Acht ließ, gelang es den dreien, jede noch so geringfügige Berührung mit den übrigen Passagieren zu vermeiden, ein hermetisch abgekapseltes Leben in Gesellschaft zu führen. Sie sprachen mit niemandem, saßen mit niemandem zusammen, grüßten niemanden. Wenn sie zur Stoßzeit im vibrierenden Speisesaal ihr Essen zu sich nahmen, wirkten sie wie Leute, die allein in einem geräuschlosen Zimmer sitzen, das keine Fenster hat und dessen Tür abgeschlossen ist.

Eines Morgens, als das Frühstück im vollen Gange war, stieß die Mutter plötzlich ein Schluchzen aus und ließ ihr Messer klirrend auf den Teller fallen. Sie riss die Serviette vom Tisch und drückte sie gegen ihr aufgedunsenes Gesicht, über das Tränen liefen. Die ältere Tochter beugte sich zu ihr, legte die Hand auf ihre Schulter, flüsterte beschwichtigende Worte in ihr Ohr. Mit einer heftigen Bewegung stand die Mutter auf, legte den Kopf in den Nacken und atmete rau, in Stößen zur Decke empor. Die Tochter war an ihrer Seite, griff sie sanft am Unterarm, zog sie von ihrem Platz fort.

Durch eine Bresche aus Schweigen gingen die beiden der nahen Tür zu. Die Mutter blieb auf halbem Weg stehen, biss wimmernd, mit kauenden Bewegungen in die Serviette, wurde von der Tochter weitergezogen. Ein Kellner, der sich pietätvoll verbeugte, öffnete die Tür, und die beiden huschten hinaus. Draußen steigerte sich das Wimmern zu lautem Schreien, gellte den Flur entlang, dann waren nur noch erstickte Laute zu hören, wohl weil die Tochter der Mutter den Mund zuhielt.

Die Passagiere waren starr. Die gute Frühstücksstimmung, die bis zum Niedergehen des Messers geherrscht hatte, war gestört, und niemand fand zu ihr zurück. Alle machten missbilligende Gesichter, zogen lang und zischend den Atem ein, versteiften die Hälse. Ohne Rücksicht auf Anita, die allein an ihrem Platz zurückgeblieben war und den Kopf über ein Brötchen senkte, urteilte man »die Mörksen« ab:

Man habe ja durchaus Respekt vor ihrer Trauer; man wisse, was man dem Anstand in Fällen wie diesem schuldig sei, und habe es bisher an Rücksichtnahme auch nicht fehlen lassen. Aber jedes Entgegenkommen stoße einmal an eine Grenze, und diese Grenze sei jetzt erreicht. Kein Mensch könne es ertragen, immer wieder die Ausbrüche einer Hysterikerin anzuhören! Man habe es satt, sich von dieser schrecklichen Frau die Stimmung verderben zu lassen! So habe man sich die Reise nicht vorgestellt! Die Mörksen müsse endlich einsehen, dass sie nicht allein an Bord sei! Dass sie kein Recht habe, sich ständig vor aller Augen gehen zu lassen! Und wenn sie es nicht einsehe – nun, dann müsse sie die Konsequenzen tragen! Jawohl, es gehe kein Weg mehr daran vorbei, der Zeitpunkt sei gekommen: Sie *müsse* ihre Mahlzeiten woanders einnehmen! Im Speisesaal dürfe sie nicht mehr erscheinen! Ein für alle Mal!

Der Berliner war so wütend wie lange nicht, zerrte an seinem Kragen, der ihm die Luft zum Ausfälligwerden nahm, wuchtete seinen Körper aus dem Stuhl wie ein Gewichtheber eine Hantel und schrie:

– Verdammt! Herr Ober, tun Se endlich wat! Sperrn Se die janze Bande einfach ein! Am besten in den Käfich zu dem Nejer!

Die Passagiere unterbrachen ihr Gerede; fühlten sich von dieser Stimme, die die ihre war, zur Ordnung gerufen;

sahen mit gepresstem Lächeln vor sich auf die Teller. Scham breitete sich aus, Abkühlung. Mühsam versuchte man, das Thema zu wechseln, rückte die Servietten zurecht und griff zu den Bestecken, wie um zivilisierte Formen des Verhaltens wieder aufzunehmen.

10

Neise hatte einen Anfall von Langeweile, schon den zweiten oder dritten an diesem Nachmittag, was ungewöhnlich war. Er ging ans Kabinenfenster und zog in der unklaren Erwartung, ausnahmsweise einmal etwas Interessantes zu sehen – doch was hätte das sein sollen? Ein Schwarm Fische vielleicht? Der Schatten eines Korallenriffs? Darauf wartete er doch schon seit Wochen vergebens –, die Gardine beiseite. Sein Mund öffnete sich langsam, als fasse eine Hand, die nicht ihm gehörte, sein Kinn und ziehe es nach unten: Eine Landschaft aus Feldern und Wiesen in gedämpften Farben dehnte sich bis zum Horizont. Hier und dort Baumgruppen, die wie große Pilze aus der Ebene sprossen, und fern ein Gehöft, das groß und eindrucksvoll aussah, herrschaftliches Haupthaus mit Nebengebäuden und umlaufender Mauer. In halber Höhe zwischen Schiff und Erde schwebte eine Schicht aus Dunst, die in sanft treibender Bewegung war und Neise an den Qualm im Rauchkabinett erinnerte.

An sämtlichen Fenstern des Roten Salons standen Passagiere und blickten befangen, die Arme vor der Brust verschränkt, nach unten. Wer saß, wandte immer wieder den Kopf zu den Scheiben herum, schien jeden Augenblick selbst aufstehen, nur noch eben seine Gedanken ordnen zu wollen. Kaum jemand spielte; nur irgendwo hinter Palmen hörte man das Geräusch eines Würfels, der über eine Tischplatte rollte – es fügte sich so schlecht zu der gedrückten Atmosphäre, als wolle sich jemand über sie lustig machen. Das kleinbürgerliche Paar hatte seinen Spieltisch nahe ans Fenster gerückt, um jederzeit hinaussehen zu können, ohne doch seine Partie Fang-den-Hut unterbrechen zu müssen. Die Musiker walteten auf der Empore ihres Amtes, schnurrten zuverlässig und mit verhältnismäßiger Frische – es war noch früh am Nachmittag – ihr Programm herunter.

Eckstedt saß in beschwerter Verfassung an der Bar, die weniger gut besetzt war als sonst. Bärbeißig und mit ungenießerischem Ausdruck stützte er den Kopf auf die Faust und aß aus einem Schälchen gesalzene Erdnüsse. Neise stellte sich neben ihn, grüßte mit stummem Nicken, machte eine verwischte Handbewegung zu den Fenstern hin, als sei der Anblick da draußen zwar nicht weiter der Rede wert, aber doch immerhin eine Neuigkeit, etwas, aus dem zwei nachmittäglich Unterbeschäftigte ein Gespräch herausschlagen konnten. Eckstedt schob das leere Schälchen über den Tresen dem Barkellner zu, um es nachfüllen zu lassen.

– Ja, ich weiß. Gesehen.

– Endlich einmal etwas anderes. Das Meer kennen wir inzwischen ja zur Genüge. Abwechslung tut gut.

– Ja.

– Ich weiß nicht, wie es Ihnen geht, aber ich hatte schon fast vergessen, wie festes Land überhaupt aussieht – haha.

– Ja.

Glasig betrachtete Eckstedt eine letzte Erdnuss, die er zwischen Daumen und Zeigefinger hielt, schien sie nicht essen, sondern zu kleinen Bröckchen zerdrücken zu wollen, oder vielleicht hatte er Lust, etwas Dreistes mit ihr zu tun, sie dem Kellner mitten ins Gesicht zu schnippen … Neise zog die Lippen zurück und schob die Zungenspitze vor.

– Haben Sie eine Ahnung, wo wir sein könnten?

– Nein.

– Die Landschaft da unten ist ziemlich nichtssagend. Solche Felder und Wälder gibt es in vielen Ländern. In Deutschland, in Amerika …

– Ja.

– Hat es schon eine Durchsage der Schiffsleitung gegeben?

– Nein.

– Das ist sonderbar, meinen Sie nicht? Es gibt doch ein paar Dinge, über die man gerne aufgeklärt werden möchte: zum Beispiel wo das Schiff landet, ab wann man seine Gepäckstücke bereithalten soll …

– Ja.

Eckstedt wandte sich mit einem leisen Ächzen auf dem Barhocker herum und starrte zu den Fenstern.

– Ach, ich habe gewusst, dass es eines Tages so kommen würde. Ich habe es gewusst!

Neise setzte sich hinter eine Palme, die ihm den Blick nach draußen wohltuend versperrte. Zog seine Krawatte zurecht, die er eben in der Kabine vor lauter Aufregung nicht korrekt gebunden hatte, und ungeschickt ausgewählt war sie auch noch: Sie passte farblich weder zum Anzug noch zum Hemd noch zum Einstecktuch.

Ging die Reise zu Ende? Vielleicht sogar schon bald, in ein oder zwei Stunden? Würde es nicht einmal mehr ein Abendessen geben? Bedrückt, doch energisch schüttelte er den Kopf. Der Blick aus den Fenstern, auf diese verflixte Landschaft da unten, konnte viel und gar nichts bedeuten. Aus ein paar Feldern, einem nicht weiter bestimmbaren Bauernhof den Schluss zu ziehen, das Ende der Reise sei da, war voreilig. Wenn die Berlin längere Zeit unterwegs war, konnte es überhaupt nicht ausbleiben, dass sie früher oder später einmal auf Festland stieß. Ja man musste sich, umgekehrt, geradezu fragen, warum sie bisher immer nur über Meer, nichts als Meer geflogen war ... Aber – war sie das wirklich? Woher wusste er das? Es konnte ja auch sein, dass die Berlin schon einige Male festes Land überquert hatte und dass es ihm nur nicht aufgefallen war – weder ihm noch den anderen Passagieren. Wer konnte schon sagen, was sich am Abend, sobald es dunkel wurde, unter dem Schiff abspielte? Oder auch bei Tage, wenn man draußen nur Wolken oder Nebel sah? Und selbst wenn das Schiff bei tadelloser Sicht über Festland geflogen wäre, hätte es wahrscheinlich niemand bemerkt: Man war hier oben nun einmal viel zu beschäftigt, hatte weder Zeit noch Lust, immer nur aus dem Fenster zu sehen …

Durch die wohltätige Palme behindert, hielt er nach einem Kellner Ausschau, um sich den Fünf-Uhr-Tee zu bestellen. Erst jetzt fiel ihm auf, dass die Kellner – arbeiteten. Keiner war unter ihnen, der sich, wie am ersten Abend über den Lichtern von Paris, auf besondere Umstände berufen und glotzend am Fenster gestanden hätte. Auch das zeigte, dass im Grunde gar nichts Außergewöhnliches vorging: Das Bordleben nahm seinen fest gefügten Gang, die Unruhe der Passagiere hatte keinen stichhaltigen Grund.

Mit unauffälligem Gesichtsausdruck belauschte er die Unterhaltungen an den Nachbartischen. Soweit er hören konnte, sprach man über das Naheliegende, Sich-Aufdrängende, doch ohne es gern zu tun. Alle hatten die Stimmen gesenkt, redeten verhalten, zäh, mit einer gewissen körperlichen Anstrengung, als kämpften sie gegen aufkommende Schluckbeschwerden an. Die Lage verschlimmerte sich noch dadurch, dass ausgerechnet an diesem Nachmittag kein einziges Gerücht in Umlauf war, das einen auf andere und weniger trübe Gedanken hätte bringen können. Vielleicht rechneten die meisten damit, dass bald irgendjemand Abhilfe schaffen und das fehlende Gerücht zur allgemeinen Erleichterung erfinden werde – doch so weit war man noch nicht.

Auf der Galerie stand Pohlschröder in straffer Haltung, eine Hand in die Seite gestemmt, die andere auf der Balustrade zur Faust geballt. Mit seinen Stechaugen sah er von oben über die Köpfe der Passagiere hinweg aus den Fenstern, wie ein Raubvogel, der in großer Höhe durch den Himmel gleitet und winzige Einzelheiten auf der Erde erkennt. Seit bald einer Woche schon hatte Neise ihn nicht mehr gesprochen. Fast immer blieb er jetzt in seiner Kabine, um sich mit ganzer Kraft der Arbeit zu widmen. Im Speisesaal erschien er nur noch gelegentlich zum Frühstück und nie mehr zum Mittag- oder Abendessen, was Neise gut verstand: Wie hätte er sich in dem schallenden Gerede auf seine Telegramme konzentrieren sollen? Dass Pohlschröder nun mitten am Tage in den Roten Salon kam, war eine auffällige Ausnahme, die etwas zu bedeuten haben musste. Neise fragte sich einige Sekunden lang, ob er die Gelegenheit nutzen und wieder einmal mit ihm reden sollte? Doch nein; lieber nicht. Pohlschröder konnte ja ebenso wenig wie alle anderen wissen, was es mit dem Land dort unten auf sich hatte, trotz seiner Raubvogelaugen; und selbst wenn er es aus irgendeinem Grund gewusst hätte, wäre das noch lange keine Veranlassung gewesen, mit ihm darüber zu reden.

Draudt ging so langsam und unsicher den Kabinenflur entlang, als sei jeder einzelne Schritt eine Geschicklichkeitsübung, die seine ganze Aufmerksamkeit in Anspruch nahm und an der er immer wieder von Neuem scheitern konnte. Auf den ersten Blick hatte Neise Mühe zu unterscheiden, ob er eigentlich gehe oder im Stehen schwanke. Gehend oder stehend hielt er sich dicht an der Wand, um in seinem gebrechlichen Zustand, der das sonst übliche Maß überschritt, jederzeit eine Stütze zu haben.

– Guten Tag, Herr Draudt!, rief Neise ihm über ein gutes Stück des Ganges entgegen und lauter, als er hier oben je gerufen hatte; denn warum sollte bei einem Mann, der sich buchstäblich in seine chemischen Bestandteile auflöste, gerade der Gehörsinn noch intakt sein? – Haben Sie's auch schon bemerkt? Land in Sicht! Wer hätte das gedacht!

Draudt blieb stehen und lehnte sich gegen eine Kabinentür, als könne er seinen Körper nur im Gehen – doch was hieß schon Gehen? – in der Balance halten.

– Es tut mir leid, Herr Neise, aber … ich habe nicht verstanden. Was … haben Sie gesagt?

– Die Berlin wird bald landen. Sie hat also doch ein Ziel gehabt, oder so scheint es jedenfalls.

– Ach … Sie meinen …

Draudts Augen, die mit roten und blauen Äderchen marmoriert waren, suchten nicht ohne Mühe Neises Gesicht; als sie es gefunden hatten, saugten sie sich daran fest, um nicht zurück ins Leere zu irren.

– Wie kommen Sie … darauf, dass das Schiff … landen wird?

– Haben Sie noch nicht aus dem Fenster gesehen? Das Meer ist verschwunden, wir fliegen über Festland. Alle reden darüber.

– Ach, so?

Er drehte sich zur Kabinentür hin, was ihm recht gut gelang, und wollte aus dem Fenster sehen – doch da war kein Fenster, nur Sperrholz. Voller Verwirrung blickte er nach rechts und links den Gang entlang, entdeckte lauter Türen und Türen … Von seiner eigenen Hilflosigkeit traurig gemacht, ließ er die Schultern sacken.

– Wissen Sie … Ich bin unterwegs zum … Roten Salon. Es geht mir … nicht gut. Ich muss mich dringend setzen und … brauche auch etwas, um mich zu stärken.

– Ich dachte, in Ihrem Leben gebe es keine Ziele. Nun haben Sie aber doch eines – den Roten Salon.

Draudt verzog das Gesicht, als fühle er plötzlich Übelkeit in sich aufsteigen, und lehnte den Kopf so ruckhaft gegen die Tür, dass ein Geräusch entstand. Neise wandte den Blick ab und atmete tief; zugleich nahm er sich vor, später, wenn Draudt gegangen sein würde, das Sperrholz zu untersuchen, ob nicht ein paar von Draudts Haaren, die ja nicht reißfest waren, daran hängen geblieben sein würden.

– Ist Ihnen schwindlig? Es scheint Ihnen ja wirklich nicht gut zu gehen. Soll ich Ihnen helfen?

– Nein … Danke … es geht schon …

– Möchten Sie vielleicht lieber zurück in Ihre Kabine gehen? Bis zum Roten Salon ist es noch ein weiter Weg.

Draudt schlug, die Wange an das Sperrholz gelehnt, die marmorierten Augen auf. Wer solche Augen hat, dachte Neise, versteht nichts mehr, man kann sich die Mühe sparen, ihm irgendetwas begreiflich machen zu wollen. Oder ist es gerade umgekehrt? Sind seine Augen deshalb so zerstört, weil er so viel, so furchtbar viel versteht?

– Möchten Sie nun lieber in Ihre Kabine oder in den Salon gehen? Für eines dieser Ziele, fürchte ich, werden Sie sich entscheiden müssen.

– Hören Sie … Ich …

– Oder möchten Sie lieber stehen bleiben? Dabei sollten Sie allerdings bedenken, dass auch das Stehenbleiben ein Ziel ist. Ihre Lage ist aussichtslos: Wie Sie es auch drehen und wenden, Sie kommen nicht umhin, ein Ziel zu haben.

Langsam und gleichmäßig sank Draudt in sich zusammen und blieb in schief-ungelenker Hocke auf dem Boden sitzen. Erschrocken beugte Neise sich zu ihm herab:

– Was ist mit Ihnen? Herr Draudt! Hören Sie mich?

Er geriet in Angst, wusste nicht, wie er diesem Mann, der entweder nichts als betrunken war oder in den nächsten Augenblicken vor seinen Füßen sterben würde, helfen sollte. Fahrig sah er sich um: Am Ende des Flurs sah er einen Zimmerkellner, der, ein Tablett voller Gläser in Händen, vor einer Kabinentür stand. Neise winkte mit beiden Armen und rief: »Kommen Sie! Hierher! Schnell!« Der Kellner stellte das Tablett ab, versetzte sich in Trab und kam mit langen Schritten näher, wobei er seine Dienstmütze festhielt, die ihm fortzufliegen drohte. Neise war erleichtert, denn dieses beherzte Laufen mit der Hand an der Mütze zeigte ihm, dass der Kellner ein tatkräftiger Mann war; zugleich jagte es ihm einen kalten Hauch über den Rücken, denn so liefen Menschen nur zum Ort eines Unglücks.

In der Kabine zog er die unpassende Krawatte ab und legte sie als Knäuel auf die Nachtkonsole, anstatt sie, wie es ordentlich und selbstverständlich gewesen wäre, in den Spind zu hängen. Warf sein Jackett über die Stuhllehne, sehr schräg und ohne sich Mühe zu geben, und ließ sich rücklings, mit ausgebreiteten Armen auf die Couch fallen. Da er keine Vorstellung besaß, was er in den kommenden Minuten oder Stunden mit sich anfangen sollte, war es konsequent, ein Gebot der geistigen Aufrichtigkeit, sich einfach nur hinzulegen; was immer darüber hinausgegangen wäre, hätte etwas von Schauspielerei gehabt, die skurrile Illusion am Leben erhalten, er wisse, was tun.

Draußen gingen Johanna-Maria und Doktor Großmenges vorüber. Sie lachten ihr gelöstes und verliebtes Lachen, für das sie inzwischen bei der ganzen Bordgesellschaft bekannt waren, und vermutlich hielten sie sich auch wieder bei den Händen und tauschten warme Blicke. Neises Lippen formten ein Grinsen, das nichts von Schauspielerei besaß, und seine Nase stieß ein Pruschen aus. Er wusste längst und spürte es auch jetzt, dass er die beiden, so fremd in jeder halbwegs bedeutsamen Beziehung sie ihm waren, ins Herz geschlossen hatte. Obwohl er noch kein einziges Wort mit Johanna-Maria gewechselt hatte und auch einem Gespräch mit Doktor Großmenges lieber aus dem Wege ging, waren beide seine guten Bekannten. Sie gehörten zu dem Leben, das er hier oben führte, und waren nicht einmal der unwichtigste Teil davon. Sich einen Tag ohne sie vorzustellen, war schwierig bis unmöglich, und kein Wunder! Wochenlang war er ja von morgens bis abends mit ihnen zusammen gewesen, hatte in dieser bis zur Abstumpfung übersichtlichen Welt teil an ihrem Dasein gehabt, bis in seine Träume hinein sah er Johanna-Marias unauffälliges Gesicht, hörte den singenden Ton, in dem Doktor Großmenges seine Anekdoten erzählte …

Das Dasein im Bauch dieses Schiffes schweißte zusammen. Im Wege gesellschaftlicher Alchimie brachte es Menschen einander nahe, die auf der Erde durch aussichtslose Distanzen getrennt geblieben wären. Zwar wahrten alle Bekanntschaften und Fastbekanntschaften hier oben einen spielerischen Zug, kamen ohne seelische oder sonstige Substanz aus, verdankten sich allein den besonderen Verhältnissen an Bord und würden gemeinsam mit ihnen zu Ende gehen … Und doch, es gab sie. Unter den Passagieren war kein Einziger, der ihm, wenn das Schiff eines Tages landen sollte, nicht doch ein wenig gefehlt hätte, bei dem es ihm ohne Rest gleichgültig gewesen wäre, was aus ihm werden würde. Dass all diese Menschen irgendwann über ein Rollfeld gehen, ihre Gepäckstücke an sich nehmen und dann für immer auseinanderstieben sollten, war eine Vorstellung, die melancholisch machte.

Im Liegen ließ er den Blick durch die Kabine schweifen, um sie seinem Gedächtnis einzuprägen. Betrachtete voller Anhänglichkeit das Muschelbecken, über dessen winzige Abmessungen er zu Beginn der Reise gelächelt hatte und das ihm inzwischen, dank wohltätiger Gewöhnung, vollkommen ausreichend erschien. Sah seine zwiegenähten Schuhe auf dem Boden vor dem Spind, die in der Nacht von den Heinzelmännchen wieder einmal ausgezeichnet geputzt worden waren – einen so hohen Grad an Perfektion hätte er selbst nicht zustande gebracht! Sah die Osterglocken auf dem Fensterbrett, die sich ein wenig müde über den Rand der Vase beugten, ihr leuchtendes Gelb zu verlieren begannen – aber nun ja; morgen früh würde Erika ihm einen frischen Strauß ins Zimmer stellen, das hatte sie bisher noch immer getan …

Er hatte die Kabine ins Herz geschlossen, auch sie. Alles hier atmete Vertrautheit und Freundlichkeit, übte eine beruhigende und stärkende Wirkung auf ihn aus. Er kannte die Kabine bis in jede Ecke und Ritze hinein, nirgends gab es einen Quadratzentimeter, mit dem er sich nicht schon einmal beschäftigt hätte. Selbst wenn es stockfinster war, sah er noch jede Einzelheit klar vor seinem geistigen Auge, konnte sich zwischen Couch und Becken, Tür und Fenster, Spind und Tisch sicher und ohne anzustoßen bewegen wie eine Fledermaus.

Die Kabine hatte den Charakter des Vorübergehenden lange verloren. Sie war eine Bleibe geworden, ein festes Zuhause. Wenn er am Morgen die Augen aufschlug, freute er sich über ihren schlichten und besänftigenden Anblick, und wenn er am Abend das Licht auf der Konsole löschte, empfing ihn noch die Finsternis mit einem Lächeln. Die Kabine war das Einzige in seinem Leben, auf das er sich verlassen konnte – ein Ort der sicheren, ein für alle Mal geklärten Verhältnisse. Solange er vor dem Spiegel stand und sich das Haar bürstete; am Fenster lehnte und die wechselnden Farben beobachtete, mit denen die Sonne das Meer überzog; sich über die Kelche der Blumen beugte und mit tiefen, genießerischen Atemzügen ihren Duft einsaugte – so lange konnte ihm nichts geschehen.

Er stand auf und ging zum Fenster. Die Dunstschleier, die unter der Berlin schwebten, waren dichter geworden. Er tat sich schwer, auf der Erde noch Einzelheiten zu erkennen: Ob die Landschaft dort unten europäisch, amerikanisch oder asiatisch war, was auf den Feldern angebaut wurde, ob sie frisch eingesät oder schon abgeerntet waren: kaum zu sagen. Der Schatten der Berlin – ein länglicher Fleck mit Rändern, die atmeten – drang nicht bis zur Erde hinab, sondern glitt über die Schleier dahin. Die Sonne stand im Zenit, draußen musste es Mittag sein – die Bordzeit schwamm zwischen spätem Nachmittag und frühem Abend.

Er zog sorgfältig die Vorhänge zu, bis sie ohne Lücke schlossen und nicht einmal ein Streif des mittäglichen Lichtes in die frühabendliche Kabine fiel. Legte sich wieder auf die Couch, zog die Tagesdecke bis über die Nase und drückte fest die Augen zu, als reiche es nicht, sie einfach nur zu schließen. Das Vernünftigste war, den Verstand aus dem Spiel zu nehmen, den Dingen ihren Lauf zu lassen – wie auch sonst. Dass sich unter dem Schiff ein paar Felder und Wiesen zeigten, die so unvermittelt, wie sie aufgetaucht waren, auch wieder verschwinden konnten, war kein Grund, in Unruhe zu geraten. Er hatte hier oben schon ganz andere Dinge erlebt, würde sich von einer Kleinigkeit wie dieser nicht ins Bockshorn jagen lassen. Das nächste Meer war vielleicht schon nicht mehr fern, alles würde sich früher oder später zum Guten wenden, er musste nur geduldig sein und die Nerven bewahren.

Er schob sich ein zweites Kissen unter den Nacken. Die

Couch war wunderbar gemütlich, das stellte er jeden Tag von Neuem fest, weder zu hart noch zu weich, der Form seines Rückens in perfekter Weise angepasst – ein nicht mehr überbietbares Möbel, die beste Couch seines Lebens. Das dämmerige Licht, das durch die Vorhänge drang, verbreitete eine weiche abendliche Stimmung, ohne aber im Geringsten einschläfernd zu wirken. Vielleicht würde er den Zimmerkellner bitten, ihm eine Flasche Rotwein zu bringen, oder in dem Buch weiterlesen, das er sich gestern im Rauchkabinett geliehen hatte …

Jedenfalls würde er liegen bleiben. Es gab keine Macht der Welt, die ihn dazu bringen konnte, aufzustehen und die Kabine zu verlassen. Den Riegel hatte er bereits vorgeschoben – und zwar nicht aus gedankenloser Routine, sondern mit gutem Grund: Es konnte nicht mehr lange dauern, bis Erika auf dem Kabinenflur erscheinen würde. Mochte sie gegen seine Tür klopfen und trommeln, wie sie nur wollte: Er würde ihr nicht öffnen. Und das galt auch für alle anderen an Bord! Jawohl – selbst wenn sich draußen ein Bote melden, mit lauter Stimme die bevorstehende Landung verkünden, alle Passagiere zum Packen ihrer Koffer auffordern würde: Es ginge ihn nicht das Geringste an. In der Kabine war er sein eigener Herr. Ruhig und gelassen würde er liegen bleiben und die Abendstunden genießen. Steward Diehl hatte recht: Die Berlin niemals zu verlassen, das ganze Leben an Bord zu verbringen, war das Höchste.